Was Single-Frauen

wirklich denken

BoD™

BOOKS on DEMAND

Ich möchte mich bei all meinen Freundinnen und Bekannten bedanken, die mir ihre ganz privaten, witzigen und vielleicht auch etwas sonderbaren Erlebnisse zur Verfügung gestellt haben.
Die Mischung aus diesen wahren Begebenheiten und natürlich meiner blühenden Fantasie hat dieses Buch zu etwas ganz Besonderem gemacht.

Lena Madlen Huth

Was Single-Frauen

wirklich denken

Bibliografische Information der Deutschen National-
bibliothek:
Die Deutsche Nationalbibliothek verzeichnet diese
Publikation in der Deutschen Nationalbibliografie;
detaillierte bibliografische Daten sind im Internet
über http://dnb.dnb.de abrufbar.

Titel: Was Single-Frauen wirklich denken
Autorin: Lena Madlen Huth
Cover: Lena Madlen Huth
Foto: Steffen Baitinger
Lektorat: Edip Zvizdiç
Herstellung und Verlag: BoD – Books on Demand,
Norderstedt
ISBN: 978-3-7347-5512-5

Kapitel 1

Willkommen in meinem Leben
(Oder: Das ungezwungene Verhalten einer Single-Frau)

Vor vierzehn Tagen endete die gefühlt 280ste Beziehung in meinem Leben.
Ein weiterer Versuch mir eine glückliche Zukunft mit einem Partner aufzubauen war gescheitert.
Meine wunderschönen Vorstellungen vom ersten gemeinsamen Liebesurlaub am Strand und einer rührenden Hochzeit mit all meinen Freunden waren erneut dahin.
All meine langersehnten Träume von zwei wohlerzogenen Kindern, einem kleinen Häuschen, einem Haustier und einem glücklichen Eheleben waren zum wiederholten Male geplatzt.
Mit 28 Jahren gab ich mich geschlagen und sah schweren Herzens ein, dass ich wohl unfähig war, eine Beziehung zu führen.
Mein Name ist Alexandra Max, doch meine Freundinnen nennen mich einfach nur Lexi.
Im Grunde genommen führte ich ein ganz normales, geordnetes Leben.
Ich war Tanzlehrerin an einer kleinen Tanzschule hier in Jersey City. Zusätzlich gab ich noch Kurse im angrenzenden Fitnessstudio. Dort trainierte ich auch so oft wie nur möglich.
Mein gemütliches Zwei-Raum-Apartment lag in einer kleinen, feineren Wohngegend von Jersey City in der

Golden Ave.

Meine Freizeit vertrieb ich mir meistens mit meinen drei besten Freundinnen, beim Sport oder mit der nicht enden wollenden Suche nach dem richtigen Mann für mich.

Doch ab jenem Tag, im Spätsommer sollte sich alles ändern…

Träge blinzelte ich dem Sonnenlicht entgegen, das durch einen kleinen Spalt in der Jalousie in mein Schlafzimmer strahlte und mich weckte.

Ich gab ein gequältes, langes »Neeein, jetzt noch nicht…« von mir, schnappte das Kopfkissen und vergrub mein verschlafenes Gesicht darin.

Es war ein Morgen, der jedem anderen glich – seit 14 Tagen zumindest.

Fünf Monate waren Josh und ich zusammen, ehe meine Liebe zu ihm schwand und ich mich von ihm trennen musste…

Meine Beziehung mit ihm fing an wie bisher jede andere in meinem Leben:

Ich sah ihn, wollte ihn, bekam ihn und dann langweilte er mich irgendwann. Nach bereits vier Monaten entschied sich für mich, ob ich mit einem Mann noch länger den Frühstückstisch teilen wollte oder nicht. War Letzteres der Fall, so begann ich systematisch unsere Trennung zu planen. Nach vier Monaten passierte es einfach immer wieder! Ich kam an einen gewissen »Punkt«. Dieser verflixte Punkt! Ich hasste ihn…

Jedes Mal machte er mir alles kaputt! Er knipste meine Gefühle aus und verwandelte meinen einst so

perfekten Partner in einen für mich völlig uninteres-
santen Mann, der von jetzt auf nachher nicht mehr in
mein Leben passte!
Meine Beziehungen waren vergleichbar mit einem
Spiel in einer Glücksshow:
In einer Bar oder Diskothek fing meistens alles an.
Dies war mein Spielfeld, meine Showbühne.
*»Guten Abend miteinander, ich begrüße sie zu »Der
Mann meines Lebens«. Zum wiederholten Male ist
heute Alexandra Max bei mir. Vielleicht wartet ja
beim dritten Versuch, hinter einem dieser drei ver-
schlossenen Toren, nun endlich der Mann ihres Lebens auf sie! Alexandra, ich wünsche dir viel Glück!«,*
begrüßte mich der Showmaster in meinen Gedanken.
Meine wiederholte Teilnahme an meiner imaginären
Spielshow war genau genommen von Anfang an zum
Scheitern verurteilt, denn Glück im Spiel und zeitgleich Glück in der Liebe zu haben, erschien mir mehr
als aussichtslos.
Ein lauter Trommelwirbel erklang. Tor Nummer eins
öffnete sich.
Dahinter verbarg sich ein durchtrainierter Muskel-
mann und poste. Er hatte kaum Haare auf dem Kopf,
war ein Macho durch und durch.
»Nicht schlecht«, dachte ich, doch ich brauchte Haare
– zum Wuscheln.
Also weiter zu Tor Nummer zwei. Der Vorhang öffnete sich und mir blieb mein eigentlich durchweg plap-
perndes Mundwerk offen stehen.
*»Wow...diese blauen Augen, dieser Körper, diese
dunklen Wuschelhaare! Den nehme ich! Lasst Tor drei
einfach geschlossen. Hebt den Mann dahinter für*

mich auf. Früher oder später komme ich sicherlich erneut, als Singlekandidatin, zurück in diese Show…«
Gewonnen hatte ich außer dem Schönling, welchen ich ab sofort meinen neuen Partner nannte, eine Traumreise. Eine Reise zu Wolke sieben, ohne Rückflugticket.

Verliebt lächelten wir. Pausenlos schmachteten wir uns an. Ich war hin und weg! Mein Herz, meine Gedanken, alles gehörte nur noch ihm.

»Schon bald werden wir ein Haus kaufen. Dann eine Katze, sie wird Gracy heißen«, malte ich mir liebestrunken in Gedanken unsere Zukunft aus.

»Und in einem Jahr werden wir heiraten…ganz in Weiß und vier wunderhübsche Babys machen. Moment – möchte ich wirklich vier Kinder? Will ich überhaupt ein Kind?«, fragte ich mich plötzlich.

Realistisch betrachtet, war ich mir noch nicht ganz sicher, ob ich diesen Schritt tatsächlich irgendwann wagen wollte.

Mia, eine meiner besten Freundinnen, war bereits Mutter. Mit 27 Jahren hatte sie sozusagen ein Kind gegen ihren Ehemann getauscht. Sie hatte ihn quasi zu einem Baby überredet, war ganz vernarrt in Kinder und hätte am liebsten gleich drei auf einmal gehabt. Ihr damaliger Mann entschied sich für drei Affären auf einmal, flüchtete aus dem ihm aufgedrängten Familienleben und reichte die Scheidung ein.

»Nein, das mit den Kindern verschieben wir. Dafür ist einfach nicht genug Platz auf Wolke sieben, auf der wir noch eine ganze Weile weiter reisen werden…«, träumte ich weiter.

Die Reise endete nach genau vier Monaten.

Da war er wieder, dieser fiese Punkt! Er ließ die romantische Seifenblase und somit jede meiner bisherigen Beziehungen einfach platzen!
Bis heute kann ich diesen Punkt nicht genau beschreiben.
Ganz plötzlich konnte ich mein Gegenüber einfach nicht mehr sehen. Er nervte mich, störte mich und schränkte mich in meiner Lebensweise ein. Dieser Punkt trat wirklich von heute auf morgen ein…und dann musste mein Partner gehen.
Vor zwei Wochen geschah dies nun mit Josh.
Er hätte vermutlich alles für mich getan – und genau hier lag das Problem. Ein Mann, der auf Befehl mit einer Rose im Hintern, freiwillig eine Rolle rückwärts von einem Hochhaus machte, war einfach nichts für mich.
Ich brauchte Zuckerbrot und Peitsche. Bekam ich Letzteres nicht, trat nach vier Monaten vermutlich ein Zuckerschock ein.
Josh musste mich verlassen. Beziehungsweise, er musste schuld an der Trennung sein.
Ich wartete auf den richtigen Moment, provozierte einen Streit, manipulierte die Situation so lange bis er der Schuldige und die Beziehung zu Ende war. Punkt.
Doch zugegeben, diesmal war es danach anders.
Ich fühlte mich tatsächlich einsam, so allein in meinem Bett…

Das Kissen noch immer fest auf mein Gesicht gedrückt, drehte ich mich auf den Rücken und schnaubte.
Nun klingelte auch noch der Wecker, das dumme

Ding.

Wiederwillig zog ich mir das flauschige Federkissen von meinem Gesicht und rieb mir die Augen. Verwundert sah ich auf meine Handrücken, die mit den Resten meiner schwarzen Mascara überzogen waren. Mein Gesicht musste aussehen als hätte ich mir Tarnfarbe quer über die Backen gepinselt.

Ich machte mir nichts daraus, denn es war niemand hier, der mich so sehen konnte.

Mit beiden Händen wuschelte ich durch mein dunkelblondes, langes Haar – ich armes Ding hatte ja sonst keinen Kopf mehr zum Wuscheln.

So passte meine Frisur unheimlich gut zu meinem getarnten Gesicht.

Das war das Schöne an meinem neuen Single-Leben: Ich verhielt mich wie ich wollte. Alle Masken fielen! Ich machte, was mir gerade in den Sinn kam und fühlte mich dabei frei wie ein Vogel.

Wäre Josh an diesem Morgen in meinem Bett gelegen, wäre ich vermutlich wie eine Rakete ins Badezimmer geschossen. In Sekundenschnelle hätte ich die verwischte Mascara in ein makelloses Tagesmakeup verwandelt, mir fix die Haare geglättet und so heimlich wie es nur ging Pipi gemacht.

Schon immer hatte ich panische Angst davor, dass mein Partner mich pinkeln hören könnte. In den ersten Monaten gehörte das für mich einfach nicht dazu. Ein so feines, schlankes, süßes Mädchen pinkelt einfach nicht. Das erschien mir unsexy und absolut abtörnend!

Also baute ich jedes Mal eine Art Schalldämmung in der Toilette. Ich wickelte ungefähr eine halbe Rolle

Toilettenpapier ab, warf es in die Schüssel und erst dann setzte ich mich. Ganz vorsichtig und leise konnte ich mich dann endlich erleichtern. Gut hörbar schnäuzte ich mir danach die Nase und warf das Taschentuch in die Toilette, um einen Grund zu haben die Klospülung zu drücken.

Ja, ich war und bin eine etwas eigene Persönlichkeit. Als ich es an diesem Morgen endlich geschafft hatte, außer die Gedanken an Josh auch mein Bett zu verlassen, trottete ich zuerst in die Küche. Dort schaltete ich den Wasserkocher an. Die vollautomatische Kaffeemaschine, ein Geschenk von Josh, hatte er wieder mitgenommen. Von da an gab es nur noch Instantkaffee zum Aufbrühen – niemals hätte ich auch nur einen Cent in irgendein Küchengerät gesteckt!

Mit zerpflückten Haaren und in meiner hellblauen Lieblingsschlabberschlafhose watschelte ich quer durch die Wohnung in Richtung Badezimmer. Auf dem Weg dahin gähnte ich ausgiebig und streckte mich zu allen Seiten.

Etwas unsanft ließ ich mich auf die Toilette plumpsen. Ohne Schalldämmung und mit geöffneter Badezimmertür pinkelte ich dann als würde es keinen Morgen geben. Gleichgültig und völlig ungeniert zupfte ich dabei an einer Haarsträhne.

Seit meinem Singledasein sanken nicht nur die Kosten für das Toilettenpapier, auch mein Konsum an Einwegrasierern war drastisch zurückgegangen.

Warum und für wen sollte ich mich jeden Morgen einer zeitraubenden Ganzkörperrasur unterziehen? In diesen zwanzig Minuten war ich ab sofort komplett gerichtet!

Schnell war ich abgeduscht. Nur den Bereich zwischen Knöchel und Knie rasierte ich, denn diesen Teil versteckte meine Fitnesshose nicht. Ich montierte mir einen Dutt auf den Kopf, legte etwas Puder, Mascara und rosa Lippenstift auf – und fertig!

Auf dem Weg zurück in mein Schlafzimmer goss ich mir eine nicht ganz so lieblich duftende Tasse Instantkaffee ein.

Ich nahm einen kräftigen Schluck und öffnete träge meinen Kleiderschrank. Noch etwas müde blickte ich hinein. Dann überkam mich das erste Glücksgefühl an diesem Morgen.

»Baumwollunterwäsche«, freute ich mich und strahlte. Ich hörte die Engel singen!

Schnell schob ich meine minikleinen Spitzentangas zur Seite, die immer so fürchterlich kratzten. Zum Vorschein kam meine geliebte Singleunterwäsche. Ein weißer Baumwolltanga mit Grinsegesicht auf der Rückseite, welches die Zunge herausstreckte als wollte es sagen: »Ätsch! Nun bin ich wieder an der Reihe!«

Ich genoss es förmlich mir den angenehmen Stoff über meine Stoppelschenkel zu streifen.

Eine gemütliche Jeans, ein rosa Top und ich war perfekt gestylt für den Vormittag.

Saskia, genannt Sassi, einer meiner drei besten Freundinnen, hatte zum Krisenfrühstück geladen.

Ich schnappte meine Tasche, schlüpfte in meine Slipper und huschte in meinen süßen, weißen Kleinwagen Polly.

Ja, mein Auto hatte einen Namen. Es machte mir das Autofahren auf eine gewisse Art und Weise angenehmer. In Polly fühlte ich mich sicherer als in einem »Auto«.

Gemütlich fuhren Polly und ich die Golden Ave entlang. Laut sang ich die ersten Takte von meinem Lieblingssong im Radio mit. Wäre Josh neben mir gesessen, hätte ich niemals so übertrieben laut und voller Hingabe diesen Song geträllert.

Ungefähr 50 Meter weiter, vor Sassis Wohnung, fuhr ich rechts ran und parkte. Hastig stieg ich aus meinem Wagen und eilte zur Eingangstür.

Sie, Tanya, Mia und ich, wohnten allesamt in derselben Straße und hatten nicht weit zueinander. Zwar war ich eine unglaublich aktive Sportskanone, doch auch nur einen Meter zu Fuß zu gehen fiel mir im Traum nicht ein. *Gehen* konnte ich nicht leiden. Dafür liebte ich das Joggen, und dies lohnte sich für 50 Meter nun wirklich nicht.

»Sassi, meine Liebe, was ist los?«, rief ich bereits im Treppenhaus, als ich in den zweiten Stock des prunkvollen Hauses hinaufeilte.

Sassi und ihr Freund lebten in einer gehobenen Mietwohnung, die sich im größten und prachtvollsten Haus am Ende der Golden Ave befand.

Tränenüberflutet und schluchzend empfing mich Sassi an der Tür.

»Läääxiiii«, weinte sie und ließ sich fast theatralisch in meine Arme fallen. Etwas überrumpelt blieb ich einfach nur stehen.

»Sassi«, antwortete ich überrascht.

»Lääääxiiiii«, heulte sie laut weiter. Ihr teures Make-up war bereits komplett verlaufen und tropfte auf ihren seidenen Morgenmantel, unter dem sie ein edles Negligé trug.

Dann hörte ich Mia die geschwungene Marmortreppe hinaufsprinten. Schnell befreite ich mich aus Sassis Armen und übergab sie an Mia.

Ein klägliches »Miaaaaa«, hallte durch den prachtvollen Eingangsbereich, als ich zu Tanya in das große, lichtdurchflutete Wohnzimmer flüchtete.

Sassi hatte eine tolle Wohnung. Die Ausstattung war vom Feinsten. Die Einrichtung bestand fast ausschließlich aus Designermöbeln. Sassis teure Schuhe und Taschen fanden kaum mehr Platz in der Garderobe.

Doch jede von uns wusste, dass Sassi ihren hohen Lebensstandard ihrem spendablen Freund und ihren gutbetuchten Eltern zu verdanken hatte. Von ihrem eigenen Gehalt hätte sie nicht einmal den linken Schuh ihrer teuren Pumps bezahlen können.

Ihr mal Freund, mal Nichtfreund Michael war ein erfolgreicher Designer und vertrieb sein eigenes Modelabel »Mic Makes Chic«. Er besaß seine eigene Boutique in New York City und beschäftigte dort zehn Angestellte, die er wie kleine Hündchen umherkommandierte.

Sassi war eigentlich nie Single und wechselte nahtlos von der einen Beziehung in die nächste. Sie ließ sich ausschließlich auf Männer mit großem Geldbeutel ein und machte sich von ihnen abhängig.

Seit zwei Jahren war Mic Sassis »Sponsor« und machte mit ihr was er wollte. Er behandelte sie nicht gut. Er misshandelte sie emotional, sagte ich immer wieder.

Zwar ließ sich Sassi schon immer gern von ihren

14

Männern finanzieren, doch in Mic war sie tatsächlich verliebt. Zum ersten Mal in einer Beziehung hatte sich bei ihr ein »Geben und Nehmen« entwickelt.

Sassi bekochte ihn, brachte ihm das Mittagessen in die Boutique und bügelte seine Hemden.

Ja, ihren Mic liebte sie wirklich.

Der Haken an der Sache war, dass er ungefähr alle zwei, drei Monate fremdging. Meistens schlief er mit irgendwelchen Models, die er für seine Kollektionen gebucht hatte.

Dann gab es ein Krisenfrühstück und wie immer rieten wir Sassi Mic zu verlassen. Er kam irgendwann mit der neuesten Handtasche oder irgendeinem anderen teuren Geschenk zur Tür herein und alles war wieder gut.

Sassi war so luxusbesessen, dass sie sich von Mic regelrecht kaufen ließ.

»Ist Chicci Micci etwa wieder fremdgegangen?«, fragte ich und reichte Sassi ein Taschentuch.

»Nein. Mic geht nicht fremd«, kam ihr Tanya zuvor. Missmutig zog sie ihre Augenbrauen nach oben und schenkte sich Champagner nach.

»Natürlich tut er das«, schluchzte Sassi.

Mit geschwollenen Augen ließ sie sich auf ihr weißes Ledersofa fallen.

Der Kragen ihres cremefarbenen Morgenmantels war bereits mit unzählig vielen, farbigen Tränenflecken übersät.

»Dein ganzes Make-up ist hinüber«, sagte Tanya, trat hinter Sassi an die Sofalehne und hielt ihr ein weiteres Taschentuch vor die Nase. Zeitgleich nahm sie einen Schluck aus ihrem Champagnerglas. Unbekümmert zupfte sie ihr kurzes Leopardenminikleid zurecht und zündete sich eine Zigarette an. Tanya war die Taffe von uns. Die mit der harten Schale. Dass ein weicher, warmherziger Kern in ihrem Innersten schlummerte, wussten nur wir – ihre besten Freundinnen.

Ihre Gefühle und Emotionen schirmte sie Männern gegenüber so gut es nur ging ab. Zwar war sie so unverletzlich, dafür aber ein einsamer Dauersingle. Von ihrer Einstellung, keinen festen Partner an ihrer Seite zu brauchen, wich sie seit Jahren nicht ab. Tanya war durch und durch ein Freigeist, machte was sie wollte und mit wem sie es wollte.

Ihr ganzes Leben war eine einzige Party. Sie jobbte mal hier und mal da oder kellnerte, um ihr eigentliches Gehalt, das sie als Pole-Tänzerin verdiente, aufzubessern. Männer kamen und gingen in ihrem Leben, meistens alle 48 Stunden...

Ich hielt nicht besonders viel von ihrem Lebensstil, aber dennoch war sie eine meiner engsten Freundinnen, und das seit der Grundschule.

»Gibt es eigentlich nur Champagner zum Frühstück?«, fragte Mia, schob ihre übergroße Hornbrille zurück auf die Nase und spähte suchend über den Esstisch.

»Was verstehst du unter einem Krisenfrühstück?«, fragte Tanya belustigt und mühte sich mit dem Korkverschluss der zweiten Champagnerflasche ab.

»Na, ich dachte, etwas zu Essen?«, meinte Mia und blickte leicht verunsichert zu Tanya. »Ich hatte extra nichts gegessen, als ich der Kleinen heute Morgen Frühstück gemacht hatte.«

16

Mia musste sich immer rechtfertigen und erklären. Vor allem Tanya gegenüber. Sie und Mia waren die absoluten Gegensätze in unserem Vierergespann. Tanya, die aufreizende, 29-jährige Pole-Tänzerin mit den langen blonden Haaren, üppiger Oberweite und trainiertem Körper, gegenüber Mia, einer hageren, aber dennoch sehr hübschen Frau, die sich nicht viel aus Mode und Style machte. Ihre braunen, dünnen Haare trug sie meistens zu einem Zopf gebunden. Ihre Klamotten waren einfach, praktisch und ziemlich farblos.

Wenn überhaupt, war sie nur ganz dezent mit etwas Mascara geschminkt. Mia hatte, sowie auch Tanya, das Herz an der richtigen Stelle. Selbst heute, an einem Samstagmorgen, um neun Uhr, hatte sie es irgendwie geschafft, ihre dreijährige Tochter Lucie unterzubringen. Eine halbe Stunde nach Sassis Hilferuf war Mia da.

»Was ist denn nun eigentlich passiert? War Mic wieder mit seiner Assistentin im Bett?«, fragte ich und setzte mich neben Sassi. Tanya drückte mir ein Glas Champagner in die Hand und nahm auf dem weißen mit Strass verzierten Ledersessel gegenüber von uns Platz.

»Ich sagte doch schon, er hat sie nicht betrogen«, meinte Tanya mit Nachdruck und sah Sassi eindringlich in die Augen, »sie lässt sich betrügen! Und nachher gibt es wieder ein schickes Täschchen und unsere Sassi schwebt im siebten Himmel!«

»Sei doch nicht so gemein«, sagte Mia leise und schälte eine Banane, die sie aus der Kristallschale genommen hatte.

»Was?«, entgegnete ihr Tanya. »Ich hab doch Recht, nicht wahr Lexi?«

Auch wenn ich weder Leopardenminikleidchen trug, noch an einer Stange tanzte, waren Tanya und ich uns doch sehr ähnlich und meistens einer Meinung. Wir waren beide ziemlich selbstbewusst und nahmen kein Blatt vor den Mund.

Ich hatte allerdings das Talent jedes Fettnäpfchen mitzunehmen und galt als absoluter Tollpatsch in unserer Clique.

Ich stolperte nur so auf meinen High Heels quer durch die Welt, klemmte mir regelmäßig meinen langen Zopf oder meine Finger beim Einsteigen in Pollys Tür ein oder brachte mich in andere, peinliche Situationen.

Seufzend legte ich meinen Arm um Sassis Schultern und tröstete sie.

»Verlass ihn«, sagte ich und streichelte über ihre Wange, »verlass den Dreckskerl endlich.«

»Das sagt du so leicht Lexi, ich liebe Mic doch«, schluchzte sie.

Sassi hatte es tatsächlich einfach. Sie brauchte nicht einmal einen meiner ausgeklügelten, strategischen Trennungspläne – Mic war ja bereits der Schuldige und sie das Opfer.

»Mein Gott Sassi«, riss Tanya nun wieder das Wort an sich, »überleg doch mal! Alle acht Wochen beglückt sein »Mini-Mic« irgendeine fremde Frau und einen Tag später wieder dich! Wie ekelhaft ist das denn bitte?!«

»Sagt die, die bald jeden zweiten Tag einen One-Night-Stand hat«, prustete ich los und nahm einen

Schluck aus meinem Glas.

»Sagt die, die nicht mal weiß, wie man One-Night-Stand schreibt!«, entgegnete mir Tanya mit geschärfter Zunge.

»Sagt die, die…«

»Halt! Stop!«, rief Sassi plötzlich und unterbrach unsere Sticheleien. Sie putzte sich die Nase, zupfte ihre rotbraunen Locken zurecht, räkelte sich und drehte sich erhobenen Hauptes zu uns.

»Ihr habt Recht. Es ist vorbei…«, sprach sie entschlossen, »ich verlasse ihn! Ich verlasse Mic!«

Sassis Augen begannen plötzlich zu leuchten, sie lachte laut auf und klatschte übertrieben erfreut, zwei Mal in die Hände.

»Drehst du jetzt völlig durch?«, fragte Tanya zynisch und zog ihre linke Augenbraue nach oben.

»Tust du sowieso nicht«, sagte ich fast zeitgleich.

»Oh doch das werde ich. Ab jetzt ändert sich mein Leben«, sagte Sassi entschieden, »passt auf!«

Mit forschen Schritten stapfte sie zu ihrem Schuhschrank, kramte darin und eilte Richtung Aquarium. Sie öffnete den schweren Deckel des Beckens und hielt schwarze Lackpumps darüber. Es waren die mit der roten Sohle…

»Bye, bye Mic…«, grinste sie und ließ die edlen, überteuren Schuhe in das Fischwasser platschen.

»Nein! Nicht die Schuhe!«, schrie ich und hastete zum Aquarium.

»Die armen Fische«, murmelte Mia besorgt und stillte ihren Hunger mit einem großen Bissen von ihrer zweiten Banane. Mia konnte auch nach ihrer Schwangerschaft einfach essen was sie wollte. Egal welche Mengen an Kohlehydraten nach sechs Uhr sie auch verdrückte, sie blieb immer dünn und hatte kein Gramm Fett am Leibe – wie gemein!

»Sie spinnt wirklich…«, meinte Tanya nüchtern und blickte den sinkenden Schuhen hinterher.

»Die hatte er mir beim letzten Mal geschenkt! Als er mit seiner Assistentin im Bett war!«, rief Sassi energisch. Im Eilschritt hastete sie erneut zum Schuhschrank.

Ich hinterher!

»Sassi, lass es gut sein. Wir glauben dir«, hielt ich sie auf und rettete so weitere Schuhe vor dem Ertrinken, »ich würde sagen, wir beenden das hier jetzt. Mia, du musst sicher wieder zu Lucie, Tanya sonst wohin und ich gehe mit Sassi ins Fitnessstudio«.

»Ins Fitnessstudio?«, sah sie mich fragend an.

»Ja, heute machst du bei meinem Hip Hop-Kurs mit und anschließend gehen wir in die Sauna.«

»Ich und Hip Hop?«, fragte Sassi zweifelnd.

»Das wird deinen Kopf durchpusten. Du wirst sehen, es hilft! Probleme und Sorgen werden einfach weggetanzt!«, strahlte ich euphorisch.

»Ich glaube eher, dass *dein Kopf* dringend mal wieder durchgepustet werden sollte«, belächelte Tanya meine Worte. Sie zog meinen Sportwahn, meine gesunde Lebensweise und Leidenschaft für das Tanzen immer ins Lächerliche.

Ihre Anspielungen auf mein stillgelegtes Sexleben ignorierte ich. Zwar war ich erst seit zwei Wochen Single, hatte aber seit mindestens fünf Wochen keinen Sex mehr. Dies war das erste Anzeichen, dass es mit Josh in Richtung »Punkt« ging.

Ein One-Night-Stand wäre für mich dennoch niemals in Frage gekommen! Auf so etwas Stilloses hätte ich mich nicht eingelassen. Lieber hätte ich mein Leben weiterhin als sexuelle Frührentnerin fortgesetzt.

»Na gut, probieren kann ich es ja«, meinte Sassi, »gehen wir zum Hip Hop! Auf in einen neuen Lebensabschnitt!«

»Jawoll!«, bestärkte sie Tanya.

»Gruppenkuscheln!«, rief ich und winkte Mia zu uns. Dies war also der Tag, an dem wir zum wirklich ersten Mal in unserer langjährigen Freundschaft, alle vier zur selben Zeit Singles waren.

Tanya, die extrovertierte Pole-Tänzerin, für die ein Mann bis zu diesem Zeitpunkt nur ein spaßiger Zeitvertreib war. Mia, die alleinerziehende Single-Mama, die sich vor einer neuen Beziehung einfach viel zu sehr fürchtete. Sassi, die nun lernen musste auf eigenen Beinen zu stehen, und ich, Lexi, die sich zwar planlos aber mit Stil, durch den Irrgarten der Liebe kämpfte.

Kapitel 2

»Heychen Luca!«

(Oder: Was passiert, wenn der weibliche Jagdinstinkt geweckt wird)

Sassi packte ihre Sporttasche. Dafür, dass sie sich am Abend von Mic trennen wollte, war sie überraschend gut gelaunt. Energiegeladen schwang sie sich auf Pollys Beifahrersitz.

Nach dem sie Mic den Laufpass gegeben hatte, wollten wir uns alle bei Mia treffen, um Sassis Leben von Grund auf neu zu ordnen. Sie brauchte nun Halt. Ein Netz, das sie auffing und ihr neue Perspektiven aufwies. Im Moment gab es für sie kein stabileres Netz als unsere Freundschaft. Es war nicht das erste Mal, dass wir vier zu einem undurchdringlichen Schutzschild zusammenschmolzen und so gnadenlos jeden einzelnen Feind eliminierten.

In der Umkleidekabine des großen Fitnessstudios knöpfte ich schnell meine Jeans auf und streifte sie mir von den Beinen. Im Kopf ging ich nochmals die Choreographie für meinen Kurs durch.

Verwundert blickte Sassi, die gerade in ihre pinkfarbene Sporthose schlüpfte, auf meine Schenkel.

»Lexi, sind dir heute Morgen die Rasierer ausgegangen? Oder hast du im Dunkeln geduscht?«, fragte sie und deutete auf meine halbrasierten Beine.

»Nein, das muss so sein«, antwortete ich selbstsicher, »beim Sport sieht man doch nur meine Waden...«

»Na, ich meine ja nur...«, fuhr Sassi noch immer erstaunt fort, »du weißt ja nie, was der Tag oder die Nacht noch so bringt. Mike vom Empfang hat dich angesehen als würde er dich gleich auffressen.«

»Ich bin mit Mike aber nicht zusammen. Der Tag oder die Nacht, wird also sicherlich nichts Spannendes bringen!«, antwortete ich.

Eindringlich blickte ich Sassi, die sich ihre rotbraunen Locken gerade zu einem dicken Zopf zusammenknotete, in die Augen.

»One-Night-Stands sind nichts für mich, das weißt du doch«, fügte ich meinen Worten noch hinzu.

»Woher willst du das wissen Lexi? Du hattest doch noch keinen einzigen«, meinte Sassi.

»Und so wird es auch bleiben«, bestätigte ich sie, verstaute meine Sportasche im Spind, lächelte sie kurz an und verließ die Kabine.

»Ich dachte, wir gehen tanzen?«, fragte Sassi irritiert und sah zu, wie ich meinen Cross-Trainer programmierte.

»Gleich. Erst werden wir eine Dreiviertelstunde laufen, um uns aufzuwärmen.«

»Eine Dreiviertelstunde? Hast du einen Knall?«

»Sassi, mach einfach!«, meinte ich belanglos.

Sie zog die Augenbrauen nach oben und seufzte. Ohne ein weiteres Wort zu sagen, legte sie ihr Handtuch auf dem Crosser neben mir ab und ging ihre Trinkflasche füllen. Auch sie hatte nicht viel für meinen Sportwahn übrig. Ich liebte es, mich tagtäglich im Studio zu verausgaben. Egal ob Kraftsport, Ausdauertraining, Yoga oder meinen eigenen Hip Hop-Kurs – ich besiedelte alle Kurse und Geräte, die das Fitnessstudio zu bieten hatte!

Nach zehn Minuten legte ich erst richtig los und stellte den Crosser auf Stufe fünf. Das Gerät nahm sofort an Lautstärke zu. Mit vollem Körpereinsatz und hochkonzentriert packte ich die nächsten zehn Minuten an.

»Sag mal, geht's noch? Irgendwann fliegt dir das komplette Ding um die Ohren!«, sagte Sassi etwas lauter, als auch sie endlich ihr Training startete. Ich drosselte mein Tempo.

»Denkst du, ich mache hier einen Sonntagsspaziergang?«, fragte ich schnippisch und keuchte.

»Den solltest du lieber mit Mike machen«, grinste sie, »schau doch, der zieht dich mit den Augen aus.«

»Der würde mich auch ganz schnell wieder anziehen, wenn er meine Stoppelschenkel sehen würde«, entgegnete ich ihr und konzentrierte mich wieder auf mein Training.

»Komm schon Lexi, gib dir einen Ruck. Mike ist süß. Es muss doch nichts Ernstes sein«, versuchte Sassi mich zu überreden.

Ich fragte mich, warum sie und Tanya mich förmlich zu einem One-Night-Stand drängen wollten. Was sollte daran schon gut sein und mir als Frau überhaupt bringen?

Ohne Frage würde ein Mann hierbei voll und ganz auf seine Kosten kommen. Aber wir Frauen? Beziehungsweise ich?

Ich musste mich mit einem Mann erst mehrere Wochen »eingrooven«, um richtig guten Sex mit ihm zu haben. Am Anfang klappte das absolut nicht und endete meistens im reinsten Chaos.

»Hilfe! Nun sieht er mich ganz nackt! Ist es auch nicht

zu hell hier drin? Sehen meine Schenkel in dieser Stellung fett aus?«, das waren die Grundgedanken, die ich durchging, wenn es mit einem Mann zum ersten Mal zur Sache ging.

Entspannt das erste Mal genießen? In meiner Welt war dies ein Ding der Unmöglichkeit!

Auch hierfür gab es einen strategischen Plan, um ja nicht zu viel zu zeigen und mich in meiner Haut irgendwie wohl zu fühlen.

Ein abgedunkelter Raum war die Grundlage für etwas mehr Sicherheit.

Das erste Mal ging für mich nur auf dem Rücken liegend, so konnte ich ihn dabei fest an mich ziehen.

Was zum einen den Vorteil hatte, dass seine Augen nicht an die falschen Stellen wandern konnten und zum anderen hatte ich so die Möglichkeit, meine viel zu kleinen Brüste zu verdecken.

Waren diese Vorrausetzungen erfüllt, musste ich nur noch den eigentlichen Akt überstehen.

Ich bemühte mich dabei irgendwie sexy auszusehen, versuchte mich seinem Rhythmus anzupassen und wollte *gut* sein!

Von einer Tänzerin wurde schließlich eine besondere Beweglichkeit und Taktgefühl erwartet, dachte ich.

Der allererste Sex mit einem Partner war für mich alles, nur kein Spaß! Warum sollte ich also auf die Idee kommen einen One-Night-Stand haben zu wollen?

Lieber ließ ich in meinen Hip Hop-Kursen die Hüften fliegen und dies mehr als im Takt.

Man dachte es zwar nicht, wenn man mich sah, aber insgeheim war ich das verklemmteste Ding auf Erden.

Nach meinem Kurs gingen Sassi und ich unter die Dusche. Unseren Saunagang mussten wir vertagen, denn Mic hatte sich gemeldet. Sassi wollte so schnell wie möglich los und ihn endlich zum Teufel jagen.

Ich ließ den warmen Wasserstrahl über mein Gesicht laufen und wischte mir das Makeup von den Augen. Sassi überstreckte angestrengt ihren Kopf nach hinten, um ja keinen Tropfen Wasser an ihr Haar zu lassen oder gar ihren Lidstrich zu verwischen.

Und wieder genoss ich es Single zu sein. Zu Hause wartete niemand auf mich und mir war absolut nicht nach einer neuen Beziehung oder einem Date. Für niemanden musste ich gut aussehen!

Ich schmierte mir eine Kur in die Haare, knotete sie mitten auf meinem Kopf zusammen und zog eine Sonnenbrille auf.

Im »Alien-Look« verließ ich das Fitnessstudio.

»Bye Lexi«, rief Mike, als ich ihm meinen Spindschlüssel auf den Tresen legte.

»Interessanter Style!«, grinste er.

»Danke«, sagte ich zynisch und lächelte übertrieben freundlich.

»Wie kannst du nur so rumlaufen?«, fragte Sassi ungläubig, als sie sich in Pollys Rückspiegel die Lippen nachzog.

»Und warum brezelst du dich so auf? Ich dachte du wolltest dich von Mic trennen und ihn nicht flachlegen«, entgegnete ich ihr genervt.

»Er soll ruhig nochmal sehen was er verliert!«, meinte Sassi und rückte ihr Haar zurecht.

»Interessante Logik…«, meinte ich nüchtern.

»So wird es ihm richtig schön wehtun, Lexi! Einem

Mann fällt es sicherlich tausend Mal schwerer von einer Schönheit verlassen zu werden als von einer Vogelscheuche!«

Ich widersprach ihr nicht weiter. Vermutlich hatte Sassi sogar Recht und Mic ein kleines bisschen Rache verdient.

Für Sassi und ihr Selbstwertgefühl war es sicherlich wichtig, topgestylt vor Mic zu treten.

Dennoch war ich mir nicht ganz sicher, ob ein Mann durch das äußere Erscheinungsbild einer Frau, die im Begriff war sich von ihm zu trennen, auf irgendeine Art und Weise emotional tiefer getroffen wurde.

An diesem Tag war nur sicher, dass ich selbst von irgendetwas Übermächtigem getroffen wurde.

Denn als ich *ihn* zum ersten Mal sah, schlugen ungefähr 100 000 Blitze auf einmal ein…

»Wow, wer ist das denn?!«, platzte es urplötzlich aus mir heraus. Wie versteinert umklammerte ich mein Lenkrad und starrte durch die Windschutzscheibe nach draußen. Ein junger, einfach umwerfend gutaussehender Kerl stieg aus seinem Wagen.

In diesem ganz besonderen Moment, in dem die Welt für eine kurze Zeit stillstand, trat Luca in mein Leben. Ein bildschöner Mann. Groß, einen wahnsinnigen Körper, dunkelbraune Wuschelhaare, ein makelloses Gesicht. Wunderschöne, blaue Augen. Er war absolut atemberaubend! Er trug eine einfache, dunkelblaue Trainingshose und ein weißes Shirt. Beides wirkte einfach unglaublich sexy an ihm. Lässig hatte er seinen Sportbeutel über die Schultern geworfen und öffnete die schwere Tür des Studios. Sein trainierter Bizeps spannte sich dabei an – ein traumhafter Anblick! Starr verfolgte ich jede seiner Bewegungen. Auch nur das kleinste Zucken seiner Muskeln hatte eine unfassbar anmutige und verführerische Wirkung auf mich.

Als ich Luca zum ersten Mal sah, war es bereits um mich geschehen. Es passierte wieder: Ich sah ihn und wollte ihn! Und das schnell!

Zwei Minuten zuvor hatte ich es nicht einmal in Erwägung gezogen, in den nächsten Wochen ein Date zu haben. Noch weniger wollte ich nach meiner Trennung von Josh nochmals als Kandidatin in meiner imaginären Spielshow auftreten. Diesmal sollte es auch keine Liste von mindestens fünf Männern geben, die mir gefielen und die ich mir als potenziellen Partner an meiner Seite vorstellen konnte.

Ich wollte einfach nur in Ruhe Single sein! Es genießen, Nutella mit dem Löffel zu essen und mich nicht zu schämen, dass ich so meine Spucke im kompletten Glas verteilte. Von einem Keks abbeißen und ihn zurück in den Schrank legen, ohne befürchten zu müssen, dass sich jemand darüber ärgert oder ekelt. Mir nicht ständig gleichfarbige Socken zusammensuchen zu müssen oder passende Unterwäsche zu tragen.

Zu allen Tageszeiten wollte ich mit Gesichtsmasken, nackt durch meine Wohnung tanzen – all das wollte ich ganz unbeschwert und befreit machen und dann…dann kam Luca!

Der erste Mann, der mich sogar bis in meine Träume verfolgte…

»Lexi?«, riss Sassi mich aus meinen Gedanken.

»Ja?«, antwortete ich wie in Trance und blickte liebestrunken auf die schwere Eingangstür.

»Ist alles in Ordnung?«, fragte Sassi misstrauisch.

»Ich glaube, ich habe gerade meine Meinung über One-Night-Stands geändert…«, antwortete ich noch immer ganz benommen.

»Uhh!«, entgegnete sie mir zynisch, fühlte sich zu tausend Prozent bestätigt und grinste wie ein Honigkuchenpferd.

»Der ist….wow!«, sagte ich. Ich hörte die Engel wieder singen!

»Er sieht wirklich nicht schlecht aus«, meinte Sassi. Ein kleines Lächeln huschte über ihre Lippen.

»Moment, der gehört mir!«, sagte ich bestimmt und grinste. Ganz ernst nahm ich meine Worte selbst nicht. Vom ersten Moment an erschien mir Luca um mindestens fünf Klassen zu hoch für mich.

Ich fand mich nicht hässlich, aber für Luca kam ich mir absolut zu unattraktiv vor. An seiner Seite stellte ich mir die perfekte Frau vor:

Eine blonde, wallende Mähne – jede Haarsträhne perfekt frisiert. Reine, strahlende Pfirsichhaut, Beine bis in den Himmel und Brüste! Richtige Brüste! Keine Mäusefäuste, sondern richtige, runde Brüste, die anmutig im Ausschnitt eines schwarzen Minikleides saßen und fröhlich »Hallo« sagten.

Meine Minibrüstchen hingegen spielten eher »Ich sehe was, was du nicht siehst«…

Ich seufzte, als ich Sassi vor ihrer Wohnungstür absetzte. Dass sich Luca für mich interessieren könnte, erschien mir völlig aussichtslos.

»Um acht bei Mia?«, rief Sassi und streckte ihren Kopf nochmals in Polly hinein.

»Um acht bei Mia. Viel Glück mit Mic!«, antwortete

ich und fuhr nach Hause.

Ich wollte Ben anrufen, meinen besten Freund. Ben war ein herzensguter Mensch. Schon immer stand er mir mit Rat und Tat zur Seite, und das schon seit einer Ewigkeit. Ben und ich passten zusammen wie die berühmte »Faust aufs Auge«. Wir teilten die gleichen Interessen, joggten zusammen durch den Stadtpark, gingen stundenlang in der Innenstadt shoppen, quatschten über Gott und die Welt oder stellten sonst irgendeinen Blödsinn an.

Ben war meine männliche, beste Freundin. Alle die behaupteten, so etwas gäbe es nicht oder würde in einer »Freundschaft plus« enden, hatten unrecht.

Bei ihm und mir gab es diese gewisse Spannung nicht. Diese unsichtbare Anziehungskraft. Noch nie hatte ich das Verlangen ihn zu küssen. Dafür kannten wir uns einfach schon zu lange und zu gut.

Es wäre mir irgendwie lächerlich vorgekommen...als hätte ich meinen Bruder geküsst oder nackt gesehen.

Zu Hause in meiner gemütlichen, kleinen Wohnung knipste ich zuerst den Wasserkocher an. Ich wusch die Kur aus und wickelte mein Haar in einem überdimensional großen Handtuchturban ein.

Anschließend stützte ich mich auf die Armaturen des Waschbeckens, um mich genauer im Spiegel betrachten zu können. Eingehend inspizierte ich mein Hautbild.

»Mist! Schon wieder ein Pickel!«, ärgerte ich mich. Schnell suchte ich in der Schublade nach Zinksalbe und schmierte mir einen übergroßen Klecks der weißen Creme auf die Backe.

»Nun ja...jeder Pickel könnte auch eine Falte sein«,

stellte ich beruhigend fest, ging in die Küche und braute mir zufrieden eine Tasse Campingkaffee auf. Mit dem Turban auf dem Kopf, der Creme im Gesicht und meiner Kaffeetasse in den Händen schlenderte ich zu meinem kleinen, schwarzen Veloursofa. Zwischen meinen Zähnen transportierte ich ein üppig belegtes Brötchen. Eine Gurkenscheibe verlor das Gleichgewicht und pflatschte auf den Boden. Kunstvoll balancierte ich die randvolle Kaffeetasse in der rechten Hand. Mit der Linken griff ich nach der Gurke. Beides legte ich auf dem Sofatischchen ab und nahm einen riesengroßen Bissen von meinem Brötchen. Mit dem Handrücken wischte ich mir etwas Butter vom Kinn, griff nach der Gurkenscheibe und schob sie hinterher.

NIE hätte ich mich vor einem Mann so frei und ungeniert bewegt! Auch nicht vor Ben. Ansonsten hatte ich ihm gegenüber absolut kein Schamgefühl. Vor Ben musste ich mich weder sonderlich gut benehmen, noch geschminkt oder gut gekleidet sein. Es gab keinen Grund, ihm auf irgendeine Weise imponieren zu wollen.

Absolut nicht damenhaft kauend griff ich zu meinem Smartphone und wählte Bens Nummer:

»Ben, bist du's?«, schmatzte ich in das Telefon.

»Wer denn sonst Lexi, du hast meine Nummer gewählt«, bekam ich zur Antwort.

»Witzig Ben«, kicherte ich, schluckte und nahm einen zweiten Bissen.

»Kannst du nicht später essen? Ich verstehe dich kaum.«

»Ja Moment«, nuschelte ich und legte mein Brötchen

auf dem Tisch ab.

»Jetzt«, sagte ich und schlürfte ungeniert meinen Kaffee.

»Was gibt's denn Lexi?«

»Ich habe jemanden kennengelernt, Ben.«

»Wirklich? Wann das denn?«

»Vorher, im Fitnessstudio.«

»Wie heißt er?«

»Weiß ich nicht.«

»Du hast jemanden kennengelernt und weißt nicht wie er heißt? Hat er das denn nicht gesagt?«

»Ich habe gar nicht mit ihm gesprochen.«

»Dann hast du auch niemanden kennengelernt.«

»Doch Ben«, quasselte ich euphorisch weiter und entknotete meinen Handtuchturban, »ich habe sofort dieses gewisse Etwas, so eine unheimliche Anziehungskraft zwischen uns gespürt!«

»Oh mein Gott, du bist scharf auf ihn…«, antwortete Ben und senkte seine Stimme.

»Nein?!«

»Doch.«

»Vielleicht ein bisschen…«

»War er zum ersten Mal bei euch im Studio?«

»Ja, ich habe ihn noch nie zuvor gesehen. Ben, ich muss wissen wie er heißt, woher er kommt, was er macht, einfach alles!«

»Lexi, jetzt bekomm mal deine Libido wieder in den Griff und dann rufst du Mike an.«

»Warum denn Mike?«

»Dein Mister Unbekannt wird ja sicherlich bei im eingecheckt haben und somit weiß Mike seinen Namen.«

Ich wurde hellhörig. Meine Augen blitzten auf.

»Ben, du bist der Beste!«, freute ich mich.

Ohne ein weiteres Wort zu sagen, beendete ich das Gespräch. Wie von der Tarantel gestochen flitzte ich ins Badezimmer.

Nun hieß es Blitzstyling innerhalb von nur zwanzig Minuten!

Hektisch drückte ich Zahnpasta auf meine Zahnbürste, steckte mir diese in den Mund und schaltete den Fön ein.

Putzend und gleichzeitig fönend lugte ich auf mein Smartphone. Es war halb vier.

Ich überlegte:

»Vor einer halben Stunde bin ich nach Hause gekommen, also ist Mister Unbekannt nun ungefähr eine dreiviertel Stunde im Studio. Wenn ich mich beeile, dann könnte ich ihn tatsächlich nochmal sehen!«

Ohne mir die Hand seitlich an den Mund zu halten spuckte ich einen riesengroßen Klecks Zahnpastaspucke ins Waschbecken. Während ich im Eiltempo mein Haar glättete, sah ich dem weißen Schaum hinterher. Langsam und zäh bahnte er sich seinen Weg in den Abfluss. Als ich anschließend eine »360°-Haarspraybesprühung« meiner dunkelblonden Mähne vornahm, hatten es einige Gurkenschalenstückchen noch immer nicht ins Ziel geschafft.

Schnell legte ich ein dezentes Tagesmakeup auf und hastete in mein Schlafzimmer.

»Was zieh ich an?«, fragte ich mich.

Ich entschied mich für die enge, dunkelblaue Röhrenjeans, in der mein Po so toll zur Geltung kam, und ein schwarzes Top. Mit dem roten Spitzenwonderbra darunter, hatte ich wenigstens annähernd ein volles Dekolleté.

Damals wollte ich immer einen Dessouladen eröffnen, mit Dessous speziell für kleine Brüste.

»Push it to the Limit« hätte ich diesen Laden genannt. Schnell schnappte ich mir meine kleine, braune Lederhandtasche und eilte zur Wohnungstür hinaus.

Am Straßenrand blickte ich hektisch und völlig außer Atem um mich.

»Polly! Wo bist du?«, rief ich. Ich konnte mein Auto nicht finden. Dies geschah keineswegs zum ersten Mal. Hatte ich Polly nicht an ihrem gewohnten Parkplatz abgestellt, verwirrte mich das komplett!

Zwar stand sie nur sieben oder acht Meter von ihrem eigentlichen Plätzchen entfernt, aber dennoch veränderte dies das gesamte Bild der Straße!

»Polly, da bist du ja!«, rief ich erleichtert, als ich sie endlich erspäht hatte und eilte sofort zu ihr.

Aufgeregt fuhr ich los. Ohne zu singen, dafür war ich viel zu angespannt.

Auf dem Parkplatz vor dem Fitnessstudio wieder angekommen, atmete ich noch einmal tief durch.

Ich stieg aus. Nervös umklammerte ich die Riemen meiner Handtasche und ging in Richtung Tür. Langsam öffnete sich diese gerade…

Da war er wieder! Luca! Mein Objekt der Begierde, mein absoluter Traummann! Mein Herz blieb fast stehen.

»*Weiter gehen, weiter gehen!*«, befahl ich mir in Gedanken.

Lässig sprang er die zwei Steinstufen vor der Studiotür hinab und sah dabei einfach unglaublich gut aus.

Mit seiner starken Hand fuhr er durch sein dichtes, dunkles Haar und nahm einen Schluck aus seiner Wasserflasche – wahnsinnig sexy!

Entspannt und gelassen kam er auf mich zu. Er hatte mich bereits bemerkt.

»Hey«, sagte er kurz im Vorbeilaufen und lächelte. Ein heftiger Adrenalinstoß ergriff mich!

»Laaaaaaaaaaaaaa!«, die Engel sangen wieder.

»Heychen«, sagte ich.

»Oh nein! Habe ich gerade tatsächlich 'Heychen' gesagt?«, schoss es mir blitzartig durch den Kopf. Zuvor hatte ich überlegt, ob ich ihn nun mit einem coolen »Hey« begrüßen sollte oder mit einem niedlichen »Hallöchen«. Mit Schrecken musste ich feststellen, dass daraus nun ein lächerliches »Heychen« geworden war. Wie angewurzelt blieb ich stehen. Vor Scham wäre ich fast im Erdboden versunken.

»Weiter gehen! WEITER gehen!«, befahl ich mir erneut in Gedanken, nur diesmal mit Nachdruck.

Mit den Nerven völlig am Ende setzte ich mich an den Tresen im Studio und schlug die Hände über dem Kopf zusammen. Ungeduldig wartete ich darauf, dass Mike, der gerade ein paar Gläser trocken rieb, mich bemerkte.

»Hi Lexi! Du schon wieder?«, drehte er sich erfreut zu mir.

»Heychen…«, sagte ich nüchtern und rollte mit den Augen. Mich selbst auf den Arm zu nehmen half mir manchmal dabei, nicht komplett an mir zu verzweifeln.

»Was kann ich für dich tun?«, fragte Mike und schmunzelte.

»Also Mike…«, stammelte ich los.

»Der junge Kerl, der da eben das Fitnessstudio verlassen hat…«

»Luca?«, unterbrach mich Mike.

»Ähm…ja«, sagte ich schnell und änderte meine Strategie, »Luca, wie heißt er doch gleich mit Nachnamen?«

»Walsh«, antwortete Mike nichtsahnend und wischte mit einem Lappen über den Tresen.

»Ja richtig!«, sagte ich schnell.

»Also Mike, dann bis morgen!«, verabschiedete ich mich zufrieden, lächelte und eilte ohne ein weiteres Wort zur Tür.

Aus dem Augenwinkel heraus konnte ich Mikes leicht verdutztes Gesicht noch erkennen.

»Sag Mia einen Gruß«, rief er mir hinterher und trocknete dann weitere Gläser ab.

»Luca Walsh!«, sagte ich überglücklich zu mir selbst, als ich wieder hinter dem Lenkrad saß.

»Luca Walsh!«, wiederholte ich etwas lauter und strahlte. Ich schaltete das Radio an und stieg sofort in den Song ein. Fröhlich trällernd fuhren Polly und ich vom Parkplatz.

Kapitel 3

Der Pakt!
(Oder: Mädels unter sich!)

Ich fuhr direkt zu Mia. Zwar war es noch etwas früh am Abend, doch ich konnte nun nicht alleine in meiner Wohnung sitzen.

Zwischen einem Baum und der Feuerleiter am Haus, welches direkt am Straßenrand angrenzte, parkte ich Polly vorsichtig ein. Langsam und ohne die Leiter zu rammen, fuhr ich noch ein Stückchen zurück, um perfekt in der Parklücke zu stehen.

Völlig aufgedreht erreichte ich die Eingangstür und klingelte Sturm.

»Spinnst du?«, erklang es aus der Sprechanlage.

»Mia, ich bin es, Lexi«, zwitscherte ich fröhlich und bückte mich etwas, um besser in die Anlage sprechen zu können.

»Ich weiß, dein Gesang im Auto war kaum zu überhören! Du bist nun die Zweite, die Lucie aus dem Bett klingelt!«, antwortete Mia genervt und entriegelte das Türschloss.

Sofort hastete ich in die kleine, einfach eingerichtete Dreizimmerwohnung. Ich eilte ins Wohnzimmer und schoss an Tanya vorbei, die mir völlig unbeeindruckt hinterherblickte.

»Mia, ich brauche deinen Laptop!«, rief ich.

»Steht auf dem Esstisch«, erklang es aus dem Kinderzimmer.

Zwischen unzählig vielen Kinderbüchern, Wachsmal-

stiften, angebissenen Keksen und benutzten Feucht-
tüchern kramte ich Mias Laptop hervor.

Es wunderte mich, dass sie überhaupt wusste wo ihr
Laptop stand. Ich sah mich in der Wohnung um.

Ein wahres Kinderchaos herrschte hier. Der kleine,
runde Holztisch war mit unzählig vielen, farbigen
Strichen übersät. Die beigefarbenen Bodenfließen in
der Küche klebten, Mias getopfte Palme war mit Bauklötzen und Haarspangen dekoriert.

Überall lag Spielzeug herum. Nasse, kleine Fußspuren
führten von einer umgekippten Teetasse weg.

Zwei triefendnasse, rosa Söckchen lagen in der Kü-
chenspüle…

Die Kühlschranktür, welche mit vielen bunten Bildern
von Strichmännchen und anderen Ratefiguren verziert war, stand weit offen.

»Was war nochmal der Unterschied zwischen einer
Dreijährigen und einer Atombombe?«, fragte Tanya
und nahm eine Flasche Billigchampagner aus dem
Gemüsefach. Die erste Flasche Champagner an diesem Abend.

Nur mit der Spitze ihres Zeigefingers schob sie die
Kühlschranktür zu. Prüfend sah sie in ihr Glas bevor
sie sich einschenkte.

»Hier ist es nicht dreckig! Nur unordentlich!«, rief
Mia verärgert, als sie Tanyas angewiderten Blick bemerkte und rannte Lucie hinterher, die wie ein Wirbelwind, im Schlafanzug durch die Wohnung schoss.
Laut lachend durch die Teepfütze und rauf auf das
Sofa! Zweimal hüpfen, warten bis Mama auch da ist
und dann schnell wie der Blitz zur anderen Seite
flüchten. Kreischend erneut durch die Teepfütze ren-

nen. An der Tür Halt machen, feststellen, dass die
Socken nass sind und lauthals zu weinen beginnen.
»Warum treffen wir uns eigentlich immer hier? Bei
Lexi wäre es wesentlich gemütlicher«, meinte Tanya.
»Ist das jetzt dein Ernst?!«, fragte Mia ungläubig.
Völlig außer Atem schob sie ihre große, braune Brille
zurück auf die Nase und kämpfte mit Lucie. Die hatte
nun doch Gefallen an ihren nassen Socken gefunden.
Mit vollem Körpereinsatz verteidigte sie die durch-
tränkten Strümpfe vor ihrer Mutter.
»Klar«, antworte Tanya, »nimm die Kleine doch ein-
fach mit?!«
»Damit unser Mädelsabend für mich um sieben en-
det? Nein danke!«, entgegnete ihr Mia.
»Na so wie es aussieht, fängt er für dich *hier* erst gar
nicht an«, sagte Tanya. Missmutig zog sie ihre rechte
Augenbraue nach oben und blickte zu Lucie, die ihrer
Mutter gerade die Bluse wegzog. Flink verstaute sie
einen Blauklotz in Mias Ausschnitt und kicherte.
»Sie kann doch bei mir auf dem Sofa schlafen«, versuchte ich die Situation zu besänftigen.
»Das geht nicht«, antwortete Mia und zog Lucie den
linken Socken vom Fuß.
»Warum nicht? Das machen doch viele Mütter so…«,
meinte Tanya.
»Ja. Nur mein Kind schläft nicht auf dem Sofa. Eher
schlafe ich bei einer Party ein, während Lucie bis in
die Morgenstunden auf den Tischen tanzt. Entweder
wir treffen uns unter der Woche bei mir oder gar
nicht!«, rief Mia verärgert und schnappte sich Lucie.
»Ich bringe sie wieder ins Bett. Schreibt Sassi bitte
eine Nachricht: Sollte sie an der Tür klingeln, schnei-

de ich ihr die Kehle durch!«

»Uhhh, Mami in Rage«, belächelte Tanya Mias Worte.

»Lass sie…«, sagte ich ruhig, »sie hat es wirklich nicht immer einfach mit der Kleinen.«

»Nicht einfach? Mia hat doch das bequemste Leben von uns allen. Von acht bis zwölf ein bisschen Arzthelferin spielen, heimkommen, gemütlich einen Happen essen und den Rest des Tages auf dem Boden liegen und mit Bauklötzen spielen. Where is the Problem?«, fragte Tanya mit großen Augen, zuckte mit den Schultern und nippte tiefenentspannt an ihrem Champagnerglas.

»There is the Problem…«, antwortete ich und nahm eine Schutzposition hinter dem Laptop ein.

Ich konnte Mia, die in der Wohnzimmertür stand und Tanyas Worte gehört hatte, vor Wut schnauben hören.

»Mia…du weißt doch, wir haben alle keine Erfahrung mit Kindern. Tanya weiß nicht wie das ist und meint es nicht so«, versuchte ich sie vor dem Explodieren zu bewahren.

»Ich bin ihr nicht böse«, sagte Mia und sah Tanya eindringlich in die Augen, »sie hat wirklich nicht den leisesten Schimmer von was sie da spricht!«

Hätten Blicke töten können…

»Weißt du, was ich gern machen würde?«, rief Mia und stürmte auf Tanya zu. »Am liebsten würde ich mir eine Kamera auf den Kopf binden und meinen kompletten Tag filmen! Dann wüsstest du, was ich mache! Dir würde vor lauter Szenenwechsel schwindelig werden!«

Mia schnappte sich das Glas aus Tanyas Hand und

trank es auf Ex.

Tanya seufzte, öffnete eine weitere Champagnerflasche und goss ihr nach. Flasche Nummer zwei an diesem Abend.

»Los, trink, du hast es dir verdient«, lächelte Tanya entschuldigend und ging ins Kinderzimmer. Dort schrie Lucie laut nach ihrer Schmusedecke.

Ich hatte Mitleid mit Mia und setzte mich zu ihr aufs Sofa. Tröstend legte ich meinen Arm um ihre Schulter.

»Ich soll dir einen Gruß von Mike sagen«, meinte ich mit leiser Stimme.

Mia lächelte und schluchzte zugleich.

»Ach Mike…«, schniefte sie.

»Er sieht nicht die Mia, die heulend auf dem Boden sitzt, Bauklötze aus ihrem Ausschnitt kramt und Windeln wechselt. Er sieht nur die Mia, die gut gelaunt im Studio trainiert und Zumba tanzt«, weinte sie und schnäuzte sich die Nase.

»Mike weiß doch, dass du eine kleine Tochter hast. Lade ihn doch einfach auf ein Kaffee zu euch ein«, schlug ich vor.

»In dieses Chaos? Vergiss es…«, winkte Mia ab.

»Ich helfe dir beim Aufräumen«, versprach ich und drückte ihre Hand.

Aus dem Kinderzimmer erklang ein leises Schlaflied. Mit zarter Stimme sang Tanya den kleinen Wirbelwind Lucie in den Schlaf.

»Siehst du«, lächelte ich, »wir sind doch alle für dich da.«

»Ich weiß doch…«, sagte Mia. Ein kleines Grinsen huschte über ihre Lippen.

»Die anstrengende Phase, in der Lucie gerade steckt, geht schon bald vorbei, aber was ist mit mir? Wann ist meine Phase, diese verdammte Singlephase, endlich vorbei? Gott mir fehlt ein Mann…«, seufzte Mia und ließ sich erschöpft in die Sofakissen fallen.

»So wie es aussieht, hat zumindest Lexi einen Mann an der Angel«, grinste Tanya und blickte interessiert in den Laptop.

Ich schreckte auf, hastete zum Tisch und klappte den Laptop zu.

»Du googelst Männer?«, lachte Tanya und blickte mich ungläubig an.

Ja – ich googelte Männer.

Beziehungsweise hatte ich an diesem Abend nur einen Mann gegoogelt: Luca Walsh.

»Wie soll ich sonst rausfinden, wer er ist? Woher er kommt und wo ich ihn antreffen kann?«, versuchte ich meine Recherchen zu erklären.

»Schon gut, Lexi«, belächelte mich Tanya.

»Und was hast du rausgefunden?«, fragte Mia und nahm einen Stapel Kinderbücher vom Stuhl. Interessiert setzte sie sich zu mir an den Küchentisch.

»Dieses Foto habe ich gefunden. Es wurde im Fox aufgenommen«, sagte ich und zeigte auf das Bild.

Vier gutgelaunte Jungs waren darauf zu sehen. Sie feierten in unserem Lieblingsclub und streckten ihre Longdrinks in die Kamera.

»Den Fotos nach ist er fast jeden Samstag im Fox«, spionierte ich weiter und scrollte nach unten.

»Gut!«, grinste Tanya und klatschte in die Hände.

»Dann werden wir vier Süßen heute Abend ebenfalls dorthin gehen.«

»Apropos vier – wo steckt Sassi?«, fragte ich und blickte über den Laptop hinweg zum Küchenfenster hinaus.

»Zur Not gehen wir auch zu dritt!«, strahlte Tanya voller Vorfreude. In Gedanken stellte sie sich bereits eines ihrer knappen, gerade noch »tanzbaren« Outfits zusammen.

»Zu zweit«, seufzte Mia und nickte mit dem Kopf in Richtung Kinderzimmer.

»Er sieht so unglaublich gut aus...«, geriet ich ins Schwärmen und blickte verträumt auf das Foto.

Ben hatte vollkommen Recht – ich war absolut scharf auf Luca!

Der Anblick seines bildhübschen Gesichtes weckte in mir nicht diese typischen »Ich bin verliebt Gefühle«, sondern ein für mich vollkommen undefinierbares Verlangen!

Es klingelte an der Tür.

»Oh nein, Sassi! Nicht klingeln!«, rief Mia und hastete aufgeschreckt zur Wohnungstür.

Tanya und ich machten uns auf eine von Tränen geflutete, komplett aufgelöste Sassi gefasst, die sich, nach der Trennung von Mic, theatralisch nach dem Sinn ihres Lebens fragte.

Schnell wie der Blitz bereiteten wir alles für die erste Herzschmerzlinderung vor.

Hastig klappte ich den Laptop zu und ließ Lucas Gesicht erneut verschwinden. Ich sprang in die Küche und schnappte mir ein viertes Champagnerglas. In Sekundenschnelle öffnete Tanya die dritte Flasche, eilte zu mir und befüllte hektisch das Glas. Mit geöffnetem Mund bückte ich mich unter Tanyas Hand, um den überlaufenden Champagnerschaum aufzufangen.

»Sassi...«, begrüßte ich sie mit viel Wehmut in meiner Stimme. Mit dem Glas voraus eilte ich zu ihr.

»Wie war es, Sassi? Geht es dir gut?«, erkundigte sich Tanya eher neugierig als besorgt.

In einem edlen, rosa Kostümchen stand Sassi im Wohnzimmer. Ohne ein Wort zu sagen schnappte sie sich das Champagnerglas und trank es mit einem Zug leer.

»Prima geht's mir«, lächelte sie dann und streckte Tanya das leere Glas entgegen, um es erneut befüllen zu lassen.

»Du hast Mic also wirklich verlassen?«, erkundigte ich mich vorsichtig.

»Oh ja, das habe ich!«, verkündete Sassi stolz und stellte ihre große, weiße Echtledertasche auf Mias kleinem Sofa ab.

»Und mir geht es einfach wunderbar, Mädels!«, fuhr sie voller Euphorie fort, setzte sich und schlug vornehm die Beine übereinander. »Ein neuer Lebensabschnitt hat begonnen! Von nun an werde ich mich nur noch auf mich selbst konzentrieren.«

»Kannst du denn die Miete für die große Wohnung alleine tragen?«, fragte ich und nahm einen Schluck aus meinem Champagnerglas.

»Meine Eltern unterstützen mich und ich bin fest entschlossen meine Karriere voranzutreiben. In der Abteilung über mir ist eine gutbezahlte Stelle als Chefassistentin freigeworden. Diese ist wie für mich gemacht!«

»Und Luca ist für Lexi wie gemacht!«, neckte mich Tanya und nippte an ihrem Champagner.

44

»Ist er nicht…«, entgegnete ich ihr und seufzte, »Luca ist mindestens drei Klassen zu hoch für mich.«

»Für dich? Lexi, schau dich an! Du bist bildhübsch und hast eine klasse Figur!«, bestärkte mich Tanya.

»Ja…«, sagte ich belanglos und senkte meine Stimme, »eine klasse Figur ohne Brüste. Da wird ein Kerl wie Luca bestimmt wahnsinnig drauf abfahren…«

»Keine Brüste? Was hab ich dann?«, mischte sich Mia ein und zog ihre weite Bluse straff nach unten.

»Du hast tatsächlich nichts«, grinste Tanya und lehnte sich lässig gegen den Küchentisch.

Ich warf ihr einen ermahnenden Blick zu.

»Lass es gut sein, Lexi, sie hat Recht. Erst gestern kam Lucie ins Badezimmer, als ich gerade unter der Dusche stand. Sie hatte sich einen Büstenhalter von mir umgeschnallt und gefragt, wann sie denn endlich Brüste bekommt. Ich meinte, wenn sie groß und erwachsen ist. Sie schaute mir verwundert auf den Busen und fragte dann, warum das bei mir vergessen wurde. Selbst eine Dreijährige bemerkt, dass bei mir etwas schiefgelaufen ist.«

Sofort brachen wir in schallendem Gelächter aus.

»Brüste hin oder her«, meinte Tanya und griff beherzt an ihre üppige Oberweite, »ich habe genug davon und bin trotzdem Single!«

»Willst du uns etwa erzählen, dass du urplötzlich einen festen Partner vermisst?«, belächelte Sassi ihre Worte.

»So ist es wohl, meine Liebe. So langsam möchte sich das wilde Tier in mir zur Ruhe setzen. Dieser Luca würde mir gut gefallen«, schmunzelte Tanya und blickte zu mir.

»Mein Luca? Niemals! Lass ja die Finger von ihm«, sagte ich mit Nachdruck. In Bezug auf Männer traute ich Tanya alles zu!

»Du willst ihn doch so oder so nicht?«, grinste Tanya herausfordernd.

»Bevor du ihn für eine Nacht nimmst, erledige ich das lieber selbst!«, sagte ich und bereute sogleich meine überschwänglichen Worte.

»Erst denken, dann sprechen Lexi…«, ermahnte ich mich in Gedanken.

Ein dreistimmiges »Wuuuuuuuhuuuu« hallte durch das Wohnzimmer. Unser derzeitiger Alkoholpegel lenkte das Gespräch in die für mich völlig falsche Richtung.

»Na also Lexi«, veräppelte mich Sassi und klatschte in die Hände, »auf zu deinem ersten One-Night-Stand!«

»Ihr erster?«, lachte Tanya ungläubig. »Lexi hatte schon mehr One-Night-Stands als wir alle zusammen!«

»Was hatte ich??«, fragte ich beinahe entsetzt und trank meinen Champagner mit einem Zug leer.

»Ja?!«, meinte Tanya mit Nachdruck. »Du verpackst deine One-Night-Stands nur ganz geschickt in mehrwöchige Affären und nennst das Ganze *eine Beziehung*. Clever irgendwie!«

»Hm«, stieß ich hervor und nahm einen großen Schluck direkt aus der Champagnerflasche.

»Du hältst dir einen Sexsklaven!«, rief Sassi belustigt.

»Mache ich nicht!«, verteidigte ich mich etwas lauter.

»Doch das tust du! Und am nächsten Morgen bringt er dir sogar das Frühstück an dein Bett«, lachte Sassi.

»Oder schenkt dir 100 rote Rosen auf einmal«, legte

Tanya nach.

»Doch anstatt sich über diese liebe Geste zu freuen, denkt unsere Lexi nur darüber nach, wie voll ihre Mülltonne doch ist, wenn sie die Blumen nach dem Verblühen entsorgen muss«, schmunzelte Sassi.

Die beiden waren in ihrem Element und hörten nicht auf mich aufzuziehen, bis Mias Telefon klingelte.

»Ja? Hallo Mike?«, quietschte sie mit viel zu hoher Stimme in den Hörer.

»Uhhhhh, Mike«, flüsterten Tanya und Sassi im Chor und kicherten. Ein neues Opfer war gefunden.

Mia legte den Zeigefinger auf ihre Lippen und warf einen strengen Blick in die Runde.

»Spazieren gehen mit Lucie?«, fragte sie am Telefon. »Ja gerne!«

An Mias Stimmlage konnte ich erkennen, dass sie vor Freude am liebsten auf der Stelle explodiert wäre.

»Bis morgen Mike. Ja um drei im Stadtpark. Ich freu mich auch.«

Mia legte auf, riss den Hörer an ihre Brust und drehte sich breitgrinsend zu uns.

Ein gespanntes Schweigen herrschte. Dann grölte Mia los.

»Aahhhhhhhhh«, schrie sie und tänzelte freudestrahlend auf uns zu.

»Pssst! Sei doch leise. Lucie schläft«, zischte Tanya.

»Mia, du hast ein Date!«, freute ich mich und goss uns Champagner nach.

»Jaaaaaaaaaaa, und das ganz ohne Brüste!«, freute sich Mia.

»Mädels, lasst uns einen Pakt schließen!«, rief Sassi urplötzlich und erhob ihr Glas.

»Oh mein Gott, was kommt jetzt…«, fragte Tanya zynisch, rollte mit den Augen und ließ sich schwankend aufs Sofa plumpsen.

»Kann ich bitte erst auf die Toilette gehen?«, hielt ich Sassis Rede auf.

»Oh nein, Tsunamialarm! Bringt euch alle in Sicherheit!«, rief Tanya angetrunken.

Meine drei besten Freundinnen und natürlich Ben waren die einzigen Personen in meinem Leben, vor denen ich schon immer befreit und ohne Schalldämmung, beherzt pinkeln konnte.

Der Weg zur Toilette kam mir noch nie so verwinkelt und lang vor wie an diesem Abend.

Der Champagner war mir wohl nicht nur in den Kopf gestiegen, sondern steuerte nun auch meine Füße fremd.

»Lexi brauchst du Hilfe?«, rief Mia nach ungefähr zehn Minuten.

»Nein! Lääuft!«, dankte ich ihr. Hemmungslos erleichterte ich mich.

Zufrieden schritt ich zurück ins Wohnzimmer. Erst dort knöpfte ich ungeniert meine Hose wieder zu.

»Bevor Mike dich besucht, würde ich die Ausstellung deiner Tampons und Binden im Badezimmer wegräumen«, meinte ich zu Mia und ging leicht schwankend zum Sofa. Angetrunken ließ ich mich zwischen Tanya und Sassi fallen.

»Warum? Er weiß doch, dass monatlich die Flut kommt«, meinte Mia unbekümmert.

»Ja, Schatz. Nur Tamponschachteln in dieser Menge, direkt neben der Hornhautraspel im Regal aufgereiht, ist wirklich mehr als unsexy! Und gegen diesen penet-

ranten Windelgeruch solltest du auch etwas unter-
nehmen.«

»Ich habe nicht vor mit Mike gleich ins Bett zu springen«, rechtfertigte sich Mia.

»Räum es einfach weg«, befahl ich ihr. Tanya kicherte
betrunken vor sich hin.

»Außerdem«, fuhr Mia fort, »werde ich nie wieder
Sex haben, wenn meine Tochter in der Nähe ist. Es
wird sicherlich kein zweites Mal vorkommen, dass sie
dabei ins Schlafzimmer watschelt, seelenruhig vor
dem Bett stehen bleibt und sich mit einem »Mama?!
Ich habe Kacka in der Windel« dann endlich bemerk-
bar macht!«

Das war zu viel für Tanya. Sie schaffte es gerade noch
ihr Glas abzusetzen, bevor ihr der Champagner zu
allen Seiten aus der Nase schoss.

Wir hielten uns die Bäuche vor Lachen.

»Was haltet ihr davon, wenn wir uns Sassis Anspra-
che bei einer Runde Pizza anhören?«, fragte Mia.

»Oh ja!«, rief Sassi und klatschte in ihre frisch mani-
kürten Hände.

»Was? Madame und Pizza?«, belächelte sie Tanya.

»Sushi und Co. haben keinen Platz mehr in meinem
neuen Leben!«, erklärte Sassi und rümpfte die Nase.

»Und was ist mit dir, Miss »Keine Kohlehydrate nach
sechs Uhr«?«, fragte Mia und blickte zu mir.

»Hmmm, von Pizza bekomme ich immer so einen
wahnsinnigen Blähbauch«, meinte ich und zögerte.

»Keine Angst, wir halten dich fest, solltest du davon-
fliegen!«, lachte Mia und griff zum Telefonhörer.

Fettiges Essen war Gift für meinen Verdauungstrakt.
Ein leckeres, riesen Stück Pizza hatte ich mir schon

lange nicht mehr gegönnt. Meine Angst neben Josh mit einem riesigen Blähbauch zu liegen, war in den letzten Wochen einfach zu groß.

Wie oft hatte ich nicht mehr gewusst, welche Position neben ihm nun die Beste war, um meine quälenden, überlauten Darmgeräusche vertuschen zu können.

Nicht nur einmal musste in solch einer beklemmenden Situation zu einem Trick greifen, um nicht neben ihm implodieren zu müssen:

Während eines romantischen Films fragte ich Josh, ob er nicht Lust auf leckere, knackige Chips habe.

Zum Glück hatte er das.

Ich ging in die Küche und kramte in den Schränken. Nach einer Weile lugte ich zu Josh ins Wohnzimmer. Mit einem wehmütigen Hundeblick teilte ich ihm das Ergebnis meiner vermeintlich erfolglosen Suche mit.

Unverzüglich machte sich Josh auf den Weg zum Supermarkt um die Ecke.

Erfolgreich hatte ich ihn somit aus der Wohnung gelockt und konnte mich ungeniert, mitten im Wohnzimmer entlüften. Der Abend war gerettet!

Schnell sammelte ich alle Chipstüten aus den Schränken und Schubladen zusammen und versteckte sie, ehe Josh zurückkam.

Doch nun, als Single, hatte ich solch eine verzwickte Situation nicht mehr zu befürchten.

Beherzt griff ich zu, als Mia den dampfenden Karton voll duftender, üppig belegter Pizza auf den Wohnzimmertisch legte.

Auch wenn ich jedes kleine Kohlehydrat sich förmlich an meinen Hüfte einnisten spürte, ließ ich mir auch noch ein zweites und drittes Stück schmecken!

Zufrieden schmatzten wir vor uns hin, als Sassi entschlossen aufstand und erneut ihr Glas erhob.

»Der Pakt!«, sagte sie mit leuchtenden Augen.

Unbeeindruckt biss ich in meine Pizza und blickte zu Sassi.

Tanya hatte bereits eine leichte Champagnerüberdosis. Mit ihrer Pizzaschnitte hing sie in den Sofakissen und war gedanklich bereits fern ab von diesem Planeten.

»Ein Pakt?«, fragte Mia mit halbvollem Mund und schluckte.

»Ja, ein Pakt!«, wiederholte Sassi voller Euphorie.

»Unser Pakt!«

»Und wie sieht der aus?«, nuschelte Tanya mit geschlossenen Augen vor sich hin.

»Wir alle haben doch ganz eindeutige Ziele im Leben! Nur keine von uns setzt sie um! Mia, du stehst zweifellos auf Mike. Und er sendet eindeutige Signale an dich. Du hast Angst, frägst dich, ob eine unbeschwerte Beziehung mit unehelichem Kind möglich ist. Ja, Mia – es ist möglich! Du musst dich nur trauen, beziehungsweise ihm vertrauen«, meinte Sassi strahlend und machte einen Schritt auf Mia zu.

Der blieb der letzte Bissen ihrer Pizza geradewegs im Halse stecken. Wortlos blickte sie zu Sassi, die sich nun zu Tanya drehte:

»Und du?«, sprach sie.

»Jetzt kommt es...«, meinte Tanya zynisch und setzte sich aufrecht hin.

»Du wunderschöne, junge, intelligente Frau! Du liebst das Pole-tanzen, davon will ich dich auch gar nicht abbringen«, fuhr Sassi fort.

»Das ist auch gut so«, prustete Tanya los.

»Aber warum in aller Welt hast du solche Bindungs-
ängste?«

»Was habe ich?«, fragte Tanya irritiert.

»Streite es nicht ab. Nach außen hin bist du die Taffe!
Die kühle Stangentänzerin, der Männer gestohlen
bleiben können. Die, die ihr Leben schon alleine meis-
tert! Warum? Zwischen den Zeilen lese ich ganz deutlich, wie sehr du dich nach einer festen Beziehung
sehnst…«

Sassi war ganz in ihrem Element und schritt im
Wohnzimmer auf und ab.

Schließlich blieb sie vor mir stehen:

»Lexi. Meine liebe Lexi. Wir beide haben haargenau
dasselbe Problem.«

»Haben wir?«, hakte ich ungläubig nach.

»Ja, wir machen uns abhängig. Wir denken, dass wir
ohne Partner nicht leben können! Du gehst lieber
zehn Beziehungen hintereinander ein, um nicht eine
einzige Stunde allein sein zu müssen.«

Ich widersprach ihr nicht, womit ich ihr insgeheim
Recht gab.

»Lasst uns das ändern!«, sprach Sassi streng und
klopfte mit der geballten Faust auf den Küchentisch.
Keine von uns wollte es zugeben, doch ihre Rede
beinhaltete außer vielen, übertrieben dramatischen
Gesten vor allem eines: Die Wahrheit!

Keine von uns widersprach Sassi oder hinterfragte
ihre Worte. Doch niemand wollte sich die Blöße geben und sie nach einer Lösung für ihr Problem fragen,
bis sich ausgerechnet Tanya zusammenraffte…

Sie stellte ihr leeres Glas ab und schenkte sich Wasser

nach. Mit nur einem Zug trank sie es aus.

Mit dem Handrücken wischte sie sich über die Stirn und zog ihren Minirock an seinen ursprünglichen Platz zurück.

»Okay…«, sagte sie entschlossen, »was sollen wir machen Sassi? Wie lautet der Pakt?!«

Über Sassis Lippen huschte sofort ein zufriedenes Grinsen. Sie fühlte sich bestätigt und setzte sich zu uns an den Wohnzimmertisch.

Gespannt lauschten wir, als Sassi fortfuhr…

Einsichtige »Ah´s und Oh's« hallten durch den Raum. Gefesselt von Sassis Ratschlägen rückten wir näher zusammen.

»Eine gute Idee…«, meinte Tanya. Ihre Augen strahlten.

»Das könnte klappen…«, lächelte Mia. Erleichtert atmete sie durch.

Als hätte sich Sassi bereits über Monate Gedanken gemacht, erklärte sie konzentriert und geduldig jeder einzelnen von uns, wie sie sich ihre insgeheimen, bisher gut behüteten Wünsche endlich erfüllen konnte.

Gespannt horchte ich auf, als Sassi sich dann zu mir drehte. Nun war ich an der Reihe. Mehr als bereit, meine »Aufgabe«, die Lösung für mein bisher so unglaublich unkoordiniertes Beziehungschaos entgegen zu nehmen, blickte ich ihr in die Augen.

Doch was ich hörte, gefiel mir überhaupt nicht!

»Was soll ich machen?«, fragte ich ungläubig und rang um Fassung. Mit offenem Mund sah ich zu Tanya, die laut auflachte und Sassi bejahend zujubelte. Mias Wangen röteten sich, verlegen rückte sie sich ihre Brille zurecht.

»Ist das dein Ernst?«, hakte ich nach und zog die Augenbrauen nach oben.

»Mein voller Ernst!«, bestätigte Sassi.

Anstatt mich mit aufschlussreichen, tiefsinnigen Ratschlägen zu überhäufen, meinte Sassi nur kurz und knapp, dass die Zeit nun endlich gekommen sei. Die Zeit für meinen ersten One-Night-Stand!

Sprachlos, irritiert und zugegeben ein kleines bisschen beleidigt griff ich nach meinem Champagnerglas.

Einige Minuten schwiegen wir. Anspannung lag in der Luft.

Sassis seltsamer Ratschlag, wenn man das überhaupt so nennen konnte, verbarg eine geheime Botschaft, da war ich mir ganz sicher. Irgendetwas bezweckte sie damit.

Entschlossen willigte ich ein.

Jede von uns gab ihr heiligstes Versprechen, ihren Teil des Paktes bestmöglich zu erfüllen.

Sassi griff zu Stift und Papier. Konzentriert und mit gewählten Worten hielt sie unsere Meilensteine, unsere Wege zum Glück, zur großen Liebe oder in ein eigenständiges Leben schwarz auf weiß fest:

Der Pakt:

Unsere liebe Mia wird versuchen, ihre Ängste zu überwinden. Ohne jegliche Zweifel soll sie Mike ihr Vertrauen schenken. Mit ihm an ihrer Seite wird sie rausfinden, dass eine feste, glückliche Beziehung auch mit Lucie möglich sein wird.

Sassi wird für mindestens sechs Monate jeden Mann aus ihrem Leben ausblenden. Sie wird sich voll und ganz auf ihre Karriere konzentrieren und somit den Grundstein für ein eigenständiges, unabhängiges Leben legen.

Tanya lässt ihre Maske fallen! Die des kühlen Individuums! Sie wird ihr Herz für die Liebe öffnen und das wilde Partytier in ihr zur Ruhe kommen lassen.

Unsere Lexi wird keine weitere »Beziehungsaffäre« eingehen. Stattdessen wird sie ihren ersten One-Night-Stand erleben! Sie soll ihr Leben als Single für eine Weile genießen und zu sich selbst finden.

Ich verspreche meinen Teil des Paktes zu erfüllen:

Tanya   Sassi

Mia♥   Lexi

Kapitel 4

Pipi-Panne!
(Oder: Was wirklich nur die besten Freundinnen erfahren dürfen)

Tanya und ich tranken den übrigen Champagner aus und machten uns auf den Weg in unseren Lieblingsclub.

Mia war bereits auf dem Sofa eingeschlafen. Sassi, die sich zuerst ein teures Taxi bestellen wollte, beschloss ihren kurzen Heimweg zum ersten Mal zu Fuß anzutreten.

»In welche Richtung müssen wir gehen?«, fragte ich und kicherte angetrunken vor mich hin.

»Ich glaube nach links«, nuschelte Tanya und stützte sich an meiner Schulter ab.

»Bist du dir sicher?«, hakte ich nach und grinste.

»Nö!«, lachte Tanya.

Nach fünf Minuten hatten wir ungefähr sieben Meter in die falsche Richtung zurückgelegt.

»Ich muss so dringend auf die Toilette!«, jammerte ich.

Nervös trampelte ich auf der Stelle und hielt mir den Unterleib.

»Wir sind doch gleich im Fox. Bis dahin wirst du es sicher noch aushalten!«, meinte Tanya.

»Nein, ich kann nicht mehr warten, ich muss JETZT!«, drängelte ich ungeduldig.

Mit glasigem Blick schaute Tanya um sich.

»Da! Setz dich hinter den großen Busch!«, schlug sie

entschlossen vor.

»Aber der steht doch in einem Vorgarten«, stellte ich verzweifelt fest.

»Jetzt geh schon, Lexi! Das Haus steht seit Wochen leer. Mach nicht so ein Drama. Du musst allgemein lockerer werden, wenn du Luca in die Kiste bekommen willst«, versuchte Tanya mich zu überzeugen.

»Na gut...«, meinte ich zweifelnd, »für Luca.«

»Richtig! Ein Tsunami für den Auserwählten!«, bestärkte mich Tanya.

Ich blickte um mich und versicherte mich, dass auch wirklich kein Mensch in unserer Nähe war. Die Situation war mir mehr als unangenehm, doch es ging nicht anders.

Ich nahm meinen ganzen Mut zusammen. So leise wie möglich schlich ich mich in den fein angelegten Vorgarten.

Wie ein ungeübter Räuber tapste ich auf Zehenspitzen an der Hauswand entlang. Mein Herz schlug mir bis zum Halse!

Mit dem Rücken an den weißen Rauputz gelehnt atmete ich tief durch. An der frischen Luft entfaltete sich die Wirkung des Alkohols erst richtig. Alles drehte sich in meinem Kopf.

Ich erschrak fürchterlich, als plötzlich Licht aus dem Fenster über mir schien.

Angespannt blickte ich zu Tanya. Das Licht erlosch wieder.

»Jetzt«, rief mir Tanya ganz leise zu.

»Ich dachte das Haus steht leer?«, flüsterte ich zurück.

»Mach schon!«, drängte mich Tanya.

Konzentriert nahm ich all meine Kraft zusammen. Mit zwei großen Schritten sprang ich über den säuberlich gemähten Rasen...und landete kopfüber inmitten des Busches.

Ein spitzer Schrei entfuhr mir.

Erschrocken presste ich mir die Hand auf den Mund und blickte zum Fenster.

Kein Licht erschien.

Leise befreite ich mich aus den Ästen und setzte mich vorsichtig in die Hocke. Fast hätte ich vergessen, dass ich noch meine Jeans und einen Schlüpfer trug.

»Oh ja das tut gut...«, flüsterte ich. Breitgrinsend erleichterte ich mich.

Mein imaginärer Engelschor unterstrich mein Glücksgefühl mit zartem Gesang.

Doch dann seilte sich plötzlich ein schwarzes Ungetüm mit acht haarigen Beinen direkt vor meiner Nasenspitze ab!

»Oh nein!«, rief ich laut und schreckte auf!

»Was ist?«, rief Tanya.

»Spinne!«, schrie ich und sprang panisch aus meinem Versteck.

»Igitt! Spinne!«, schrie ich weiter. Mit den Händen klopfte ich hektisch meine Jacke ab und schüttelte mein Haar.

»Sei doch still, Lexi!«, rief Tanya wieder etwas leiser.

»Komm schnell! Da ist jemand am Fenster!«

Erschrocken blickte ich in den hellen Schein des Lichtes, welcher durch das geöffnete Fenster zu mir schien.

»Luca!«, erschrak ich, als ich die Person hinter den seidenen Vorhängen erkannte.

Ruckartig zog ich meine Jeans nach oben und blieb wie angewurzelt stehen. Die Engel in meinem Kopf ließen panikartig ihre Instrumente fallen und flatterten eilig davon!

»Lexi, komm schon! Lauf!«, flüsterte Tanya.

»Ist da wer?«, rief Luca und zog die Vorhänge zur Seite.

Ich hatte es gerade noch zu Tanya geschafft! Geduckt versteckten wir uns hinter einer Mülltonne, die am Straßenrand stand.

»Wow, der sieht echt klasse aus«, schwärmte Tanya.

»Oh nein, meine Tasche!«, flüsterte ich und blickte suchend an mir herunter. Ein weiterer Adrenalinstoß ergriff mich.

»Was ist mit deiner Tasche?«

»Sie liegt noch im Busch!«

»Na die kannst du im Moment vergessen«, meinte Tanya und deutete auf Luca, der mit einer Taschenlampe bewaffnet im Garten erschien und das Gebüsch durchsuchte.

»Oh mein Gott, ist das peinlich...«, flüsterte ich. Gleich würde Luca auf meinen gelben Champagnersee treffen und hoffentlich nicht darin versinken, schoss es mir durch den Kopf.

»Was ist das denn?«, wunderte sich Luca und zog etwas aus dem Gebüsch.

»Meine Tasche! Oh nein, nein, nein!«, sagte ich und blickte hilfesuchend zu Tanya. Am liebsten wäre ich vor Scham im Erdboden versunken...

»Igitt, klatschnass!«, sagte Luca, blickte auf seine nasse Handfläche und streckte angewidert die Tasche von sich.

»Er hat mein Pipi berührt! Tanya, er hat mein Pipi an den Händen!«, stellte ich mit zitternder Stimme fest. Voller Panik klammerte ich mich an Tanya.

Eigentlich konnte die Situation nicht schlimmer werden, doch dann öffnete Luca die Tasche. Mit gerümpfter Nase zog er meinen Geldbeutel heraus.

»Ohh, ohh…«, stammelte ich mehr als angespannt. Mir wurde heiß und kalt! Eine absolut grenzwertige Situation!

»Hör auf zu hyperventilieren!«, zischte Tanya und drückte meinen Kopf zurück in unser Versteck.

Verzweifelt musste ich mit ansehen, wie Luca meinen Personalausweis inspizierte.

»Alexandra Max«, murmelte er. Noch schien er mich nicht erkannt zu haben. In mir kam wieder etwas Hoffnung auf. Insgeheim plante ich bereits gleich morgenfrüh meine Identität zu ändern.

»Moment, die kenne ich doch…«, grübelte Luca, als er zuerst auf mein Foto und dann suchend zur Straße blickte.

»Oh nein«, flüsterte ich verzweifelt und sah zu Tanya, »was mach ich denn jetzt nur?«

»Ben anrufen, du brauchst den Ersatzschlüssel für deine Wohnung«, antwortete Tanya. Gemeinsam beobachteten wir, wie Luca mit meiner in Urin getränkten Tasche zurück ins Haus ging und die Tür hinter sich schloss.

Betrunken, komplett aufgelöst und mit einer tiefroten Schamesröte im Gesicht setzte ich mich an den Straßenrand. Ich schlug die Hände über meinem Kopf zusammen und stieß einen langen Seufzer aus.

Wenn sich eine von uns vier in solch eine peinliche

Situation bringen konnte, dann war ich es.

Wie jedes Mal musste mich Ben nun aus dem Schla-
massel holen.

In Tanyas kleinem Apartment, am anderen Ende der
Golden Ave, fand sie selbst kaum Platz zum Schlafen.
Mia und Sassi wollte ich nur ungern mitten in der
Nacht wecken. Doch Ben konnte ich ungeniert zu
allen Tages- und Nachtzeiten anrufen.

Ich kramte mein Smartphone aus der Jackentasche
und bat Ben, morgens um halb drei, mir meinen Ersatzschlüssel zu bringen.

Keine fünf Minuten später fuhr er vor. Ein kleines
Grinsen konnte er sich natürlich nicht verkneifen.
Er war es gewohnt, mich aus verzwickten Situationen
retten zu müssen.

Mit einem Kuss auf die Wange verabschiedete ich
mich von Tanya und stieg in Bens schwarzen Sportwagen ein.

»Warst du aus?«, fragte ich, als ich bemerkte wie gut
gekleidet er um diese Zeit war.

»Ähm…nein«, antwortete er zögerlich. Ich bemerkte
eine leichte Unsicherheit in seiner Stimme.

Unter seinem schwarzen, engen Shirt zeichnete sich
sein muskulöser Oberkörper ab. Die dunkelblaue
Jeans war nagelneu. Die glänzenden Lackschuhe
passten perfekt dazu. Sein dunkles Haar war lässig
gestylt.

»Hast du dich für mich so schick gemacht?«, neckte
ich ihn und grinste.

»Nein…das habe ich nur schnell übergezogen«, antwortete Ben und fuhr los, um sieben Häuser weiter
wieder anzuhalten.

Es war selbstverständlich, dass Ben mich nicht fragen musste, ob er mit in meine Wohnung durfte.

Diese »Grenze« gab es bei guten Freunden nicht.

Hastig sprang er aus seinem Sportwagen, lief zur anderen Seite und öffnete mir die Beifahrertür. Typisch Ben. Selten hatte ich so einen zuvorkommenden, höflichen Mann getroffen, der zudem noch wahnsinnig gut aussah.

Von außen betrachtet war er der ideale Partner für mich. Wir hatten ein und dieselben Interessen, die gleichen Zukunftspläne und zusammen niemals Langeweile.

Doch wie gesagt, nach all den Jahren unserer Freundschaft war er wie ein Bruder für mich.

Zudem besaß Ben keine Peitsche. In einer Beziehung hätte er mich vermutlich mit Zuckerbrot überschüttet.

Er ging zur Eingangstür und öffnete diese. Fürsorglich stützte er mich, als wir die Treppen hinaufgingen und sperrte meine Wohnungstür auf. Er begleitete mich zum Sofa und schenkte mir ein Glas Wasser ein.

Die Kopfschmerztablette für den nächsten Morgen legte er daneben.

Erschöpft ließ ich mich in meine unzählig vielen Sofakissen fallen. Ben streifte mir die Schuhe von den Füßen und räumte sie in die Garderobe.

»Danke Ben«, flüsterte ich und lächelte.

»Gern geschehen«, sagte er leise und blickte mir in die Augen.

In dieser Nacht geschah es zum ersten Mal, dass mir Ben einen kleinen Moment zu lang in die Augen sah. Zu lang und zu tief für einen »Kumpel«.

»Wo sind eigentlich all deine kleinen Bilderrahmen und Dekofiguren?«, lenkte Ben schnell ab, als er selbst bemerkte, dass er in meinen Augen zu versinken drohte.

»Ich habe sie weggeräumt. Josh meinte, er lebe doch in keinem Museum«, antwortete ich und schloss meine Augen.

»Ihr seid aber nicht wieder zusammen?«, erkundigte sich Ben.

»Oh Gott nein...«, murmelte ich schlaftrunken vor mich hin.

»Und was ist mit Luca?«, hakte Ben weiter nach.

»Luca ist toll...«, nuschelte ich im Halbschlaf und lächelte.

»Luca ist toll...«, wiederholte ich leise.

Ich konnte Ben schwer seufzen hören, bevor ich einschlief. Seinen enttäuschten Gesichtsausdruck konnte ich nur erahnen...

Wehmütig strich er mir eine Haarsträhne aus dem Gesicht. Fürsorglich warf er eine Wolldecke über mich. Er gab mir einen kleinen Kuss auf die Stirn, bevor er dann nach Hause ging.

Kapitel 5

Retter in der Not
(Oder: Multitasking beim Autofahren ist einfach nicht möglich!)

Zuallererst sagte ich am nächsten Morgen meine Kurse im Fitnessstudio ab. Für heute und Montag meldete ich mich auch in der Tanzschule krank. Erstens besaß ich im Moment keinen Autoschlüssel und hätte zur Arbeit laufen müssen und zweitens wäre die Gefahr Luca zu begegnen einfach viel zu groß gewesen.

Nun hatte ich zwei Tage Zeit, um mich in meiner Wohnung zu verschanzen und mir einen guten Plan einfallen zu lassen.

Ich fragte mich, wie ich mich aus dieser peinlichen Lage befreien konnte, ohne Luca komplett aus meinem Leben streichen zu müssen.

Zudem brauchte ich unbedingt meine Tasche zurück. Ohne Geldbeutel, Papiere und dem anderem Krimskrams darin war ich sozusagen aufgeschmissen.

Ich beschloss erst einmal für die *Grundordnung* in meinem Leben zu sorgen.

Meine verschmutzten Klamotten vom Vortag warf ich in den Wäschekorb und stieg unter die Dusche.

Ich genoss den warmen Wasserstrahl auf meiner Haut. Mit geschlossenen Augen legte ich den Kopf in den Nacken.

Während meine Haarkur unter der Dusche einwirkte, putze ich mir ausgiebig die Zähne.

Die schäumende Zahnpasta rann unaufhaltsam an meinem Körper hinunter.

Ich hielt meinen geöffneten Mund unter die Brause und spülte ihn aus. Dann drehte ich mich unter dem Wasserstrahl hin und her, um den Zahnpastaschaum von meinem Bauch zu waschen.

Zehn Minuten später kramte ich nackt und mit Handtuchturban auf dem Kopf im Küchenschrank.

»Mist! Kein Instantkaffee mehr!«, fluchte ich.

Meine Situation verbesserte sich nicht, sie wurde schlimmer! Ohne meinen Geldbeutel gab es in den nächsten Tagen weder Kaffee, noch Schokolade oder andere Lebensmittel.

Genervt entsorgte ich die leere Dose und räumte feinsäuberlich den Rest der Küche auf, gefolgt vom Wohn- und Schlafzimmer.

Als ich hier die Böden gewischt hatte, schrubbte ich ihm Badezimmer die Fliesen.

Noch immer komplett unbekleidet zog ich anschließend einen schweren, braunen Umzugskarton aus der Abstellkammer und öffnete ihn.

Meine Augen blitzen erfreut auf. Sofort hob sich meine Laune, als ich die vielen, kleinen, verzierten Bilderrähmchen erblickte. Mit viel Hingabe und Geduld stellte ich sie zurück an ihre Plätze.

Zufrieden schaute ich mich in meiner geputzten Wohnung um.

»Saubere Wohnung, sauberes Gewissen!«, grinste ich und verschränkte stolz die Arme vor der Brust.

Doch leider waren meine zurückgewonnenen Glücksgefühle nur von kurzer Dauer…

Nach nur fünf Minuten ohne Ablenkung waren meine

Gedanken wieder dort, wo ich sie einst beendet hatte.

Nüchtern kamen mir die Erlebnisse der letzten Nacht noch viel peinlicher vor als sie es im betrunkenen Zustand ohnehin schon waren.

Ich schnaubte, schüttelte das Handtuch von meinem Kopf, wickelte es mir um den Körper und verknotete es über der Brust.

Zurück im Badezimmer blickte ich zerknirscht in den Spiegel und bürstete mein nasses Haar.

Noch immer war mir keine Lösung eingefallen, um zumindest an meine Tasche zu gelangen.

Doch allzu lang musste ich nicht mehr überlegen, denn die Antwort stand quasi vor der Tür…

»Besuch?«, fragte ich mich überrascht, als es plötzlich klingelte. Nichtsahnend ging ich zur Wohnungstür.

»Ja bitte?«, meldete ich mich durch die Sprechanlage.

»Luca Walsh hier«, erklang es freundlich zurück.

Ohne den Knopf der Sprechanlage los zu lassen, erstarrte ich vor Schreck. Jeder einzelne Muskel in meinem Körper verkrampfte sich.

»Bist du noch da?«, ertönte es aus dem Lautsprecher.

»Ja…einen kleinen Moment bitte«, antwortete ich und hastete ins Schlafzimmer. Nervös riss ich die Tür meines Kleiderschrankes auf. Schnell suchte ich ein paar Klamotten zusammen.

Doch dann erinnerte ich mich an den Pakt und mein eigentliches Ziel in Bezug auf Luca Walsh.

Ruhig schloss ich die Tür meines Schrankes und grinste in mich hinein. Nur mit meinem kurzen Handtuch bekleidet wollte ich ihn empfangen. Entschlossen entriegelte ich Luca die Eingangstür. Während mein

Herz vor Nervosität raste, versuchte ich so locker und sexy wie nur möglich zu wirken.

»Heychen«, grinste Luca, als er lässig die letzten Stufen der Treppe hinaufstieg.

»Hi...«, antwortete ich mit zitternder Stimme. Krampfhaft umklammerte ich den Knoten meines Handtuches.

Langsam wanderte Lucas unwiderstehlicher Blick über meinen Körper.

Ganz ungeniert wiederholte er das.

»Du hast deine Handtasche letzte Nacht bei mir im Gebüsch vergessen«, sagte er dann und reichte mir meine Tasche entgegen, »Vorsicht, sie klebt ein bisschen.«

Mir wurde heiß. Ich spürte, wie mir die Schamesröte ins Gesicht stieg.

»Danke«, sagte ich, lächelte gezwungen und griff nach meiner Tasche.

Luca grinste und rieb seine klebende Handfläche an seiner Jeans.

»Ich bin neu hier in der Gegend. Ich wusste nicht wo du wohnst und habe die Adresse von deinem Personalausweis abgelesen«, sprach er lässig weiter.

Ich lächelte verunsichert. Erwartungsvoll stand Luca vor mir.

»Willst, willst du nicht reinkommen?«, fragte ich dann und fasste meinen ganzen Mut zusammen.

»Warum nicht«, lächelte er. Ganz ungeniert stolzierte er an mir vorbei ins Wohnzimmer. Ich folgte ihm.

»Nett hast du es hier, Alexandra«, meinte Luca und sah sich um.

»Lexi. Meine Freunde nennen mich nur Lexi«, antwortete ich und goss ihm ein Glas Wasser ein.

Ich setzte mich zu ihm aufs Sofa und überschlug meine nackten Beine. Absichtlich lies ich das Handtuch dabei etwas hochrutschen.

»Das heißt, ich zähle ab jetzt zu deinen Freunden?«, grinste Luca und griff nach dem Glas. Wieder ließ er seinen Blick über meinen Körper wandern. Verunsichert blickte ich um mich und wusste nicht was ich antworten sollte. Eine unangenehme Stille herrschte.

»Ich sollte mir etwas anziehen«, unterbrach ich kurzerhand unser Schweigen, lächelte und ging ins Schlafzimmer.

Luca hatte genug nackte Haut gesehen. Genug um seinen *Hunger* zu wecken…

Zwar fühlte ich mich in meiner Rolle als hemmungslose Verführerin noch nicht ganz wohl, aber dennoch wusste ich genau, wie ich das Verlangen eines Mannes nach mir wecken konnte.

Luca verbrachte den ganzen Vormittag bei mir. Er erzählte, dass er vor zwei Wochen mit seinen Eltern in das kleine Häuschen in der Golden Ave eingezogen sei.

Als Student könne er sich kein eigenes Apartment leisten. Für ihn sei es kein Problem mit seinen Eltern unter einem Dach zu leben, denn er verstand sich tadellos mit ihnen. Mit leuchtenden Augen schwärmte er von dem guten Essen seiner Mutter und wie er mit seinem Dad durch den Stadtpark joggte.

Als geeigneter Kandidat für einen One-Night-Stand kam mir Luca so gar nicht vor.

Er wirkte sehr gesittet, bedacht und bodenständig. Seine Erzählungen untermalte er mit viel Charme und einer Prise Humor.

Immer wieder neckte er mich. Er zog mich damit auf, dass ich letzte Nacht in seinen Busch gefallen war, als ich den streunenden, pinkelnden Hund aus der feinen Gartenanlage seiner Eltern vertreiben wollte.

In manchen Augenblicken zwinkerte hinter dem besonnen, freundlichen jungen Mann ein kühler Macho hervor – Zuckerbrot und Peitsche!

Mein Instinkt und meine Erfahrungen mit Männern verrieten mir, dass ich Luca bereits am Haken hatte. Wie er mich anblickte oder zufällig berührte...auch er gab mir Futter, um meinen Appetit zu wecken.

Die sexuelle Spannung, die nach nur wenigen Stunden zwischen uns herrschte, war deutlich zu spüren.

Zur Mittagszeit mussten wir uns leider verabschieden. Jeden Sonntag kochte seine Mutter ein leckeres Essen und lud seine Tante dazu ein.

Luca war schon sehr spät dran, hatte es aber dennoch nicht besonders eilig. Es blieb mir nicht verborgen, dass er sich nur sehr schwer von mir losreißen konnte.

Lässig stand er im Türrahmen und blickte mir eindringlich in die Augen.

»Küss mich...«, flüsterte er dann und grinste schelmisch. Hätte er mich nicht darum gebeten, hätte ich es vermutlich einfach getan.

Ich konnte mich einfach nicht länger zurückhalten. Alles an Luca wirkte so unfassbar anziehend und verführerisch auf mich:

Sein gebräunter, makelloser Teint. Seine dunklen, dichten Haare, seine großen, strahlenden Augen...

Alles an ihm ließ mich unaufhaltsam dahin schmelzen.

Wortlos blickten wir uns an. Vor Nervosität und Erregung wurde mein Atem schneller.

Stürmisch und voller Leidenschaft küssten wir uns schließlich.

Seine starke Hand grub sich in mein feuchtes Haar, mit der anderen griff er kraftvoll an meinen Hintern. Wild ließen wir unsere Zungen miteinander tanzen. Luca küsste unglaublich gut.

Ohne von meinen Lippen abzulassen, drängte er mich in die Wohnung.

Es war ohne Zweifel klar, was wir beide tatsächlich voneinander wollten, doch als allzu leichte Beute wollte ich mich nicht hergeben.

Mit nun sanfteren Küssen schob ich Luca zurück zur Wohnungstür hinaus.

Abrupt ließ er von meinen Lippen ab. Er fesselte mich mit seinem Blick, lächelte und ließ seine Hände von meinen Hüften gleiten.

Er hatte mich verstanden.

»Wir sehen uns«, grinste er verschmitzt, sah mir noch einmal tief in die Augen und sprang die Treppe hinab. Siegessicher lächelte ich in mich hinein und schloss die Wohnungstür.

»Ja!«, freute ich mich und machte einen kleinen Hüpfer.

»Ja, ja,ja!«, wiederholte ich. Viele weitere Hüpfer folgten.

Bis über beide Ohren grinsend ließ ich mich aufs Sofa fallen. Überglücklich stieß ich einen langen, verliebt klingenden Seufzer aus.

»Moment!«, ermahnte ich mich selbst. »Kein verliebtes Lächeln! Keine Schwärmereien!«

In Erinnerung an unseren Pakt verbot ich mir von nun an jeden auch nur winzig kleinen Gefühlsausbruch, jedes verliebte Lächeln oder jedwede Schwärmerei. Luca Walsh sollte für mich nicht mehr als ein One-Night-Stand werden!

Ich atmete tief durch. Gefasst widmete ich mich wieder meiner ursprünglichen Aufgabe an diesem Tag und dekorierte feinsäuberlich jeden Winkel meiner Wohnung.

Am Nachmittag rief mich Sassi an. Sie bat mich darum, sie morgenfrüh zu ihrem Vorstellungsgespräch zu fahren.

Mit Mic hatte sie auch ihre teure Luxuskarosse, die er ihr zur freien Verfügung gestellt hatte, verlassen.

Sassi bemühte sich sehr, ihr neues, unabhängiges Leben alleine zu meistern, doch an den Geruch von Bahnhöfen und überfüllten U-Bahnen konnte sie sich einfach nicht gewöhnen.

Ich versprach ihr pünktlich, um acht Uhr vor Mias Haus zu warten. Noch immer parkte dort Polly neben der Feuerleiter. Sassi bedankte sich ungefähr 1000 Mal und quatschte fröhlich weiter...und weiter...und weiter.

Nach einer Stunde am Telefon beschlossen wir unser nicht enden wollendes Gespräch bei einem Spaziergang im Park fortzusetzen.

Nur wenige Minuten später schlenderten Sassi und ich gemütlich über den Kiesweg und genossen die Sonnenstrahlen auf unserer Haut.

»Bist du auf dein Bewerbungsgespräch gut vorbereitet?«, fragte ich Sassi.

»Hach ja…«, antwortete sie mit viel Wehmut in ihrer Stimme.

»Na, das hört sich aber nicht gerade überzeugend an…«, meinte ich.

»Weißt du, Lexi, der Job einer Sekretärin ist einfach nicht das Richtige für mich. Natürlich werde ich das Gespräch morgen wahrnehmen und versuche die Stelle auch zu bekommen, doch erfüllen wird sie mich nicht«, erklärte Sassi mit betrübter Stimme.

»Hm…«, überlegte ich, »hast du eine Idee, was dir besser liegen könnte?«

»Ja, ich möchte irgendetwas planen oder organisieren. Events oder Partys. Ich weiß es noch nicht so recht, aber hier liegen eindeutig meine Stärken«, antwortete Sassi und strahlte vor Euphorie.

Ich lächelte. Sassi hatte ihr Talent eindeutig erkannt. Auf Organisation und einen gut durchdachten Tagesplan konnte sie selbst in ihrem Alltag nicht verzichten.

Es würde sie vermutlich in den Wahnsinn treiben, wenn sie, ohne zu wissen was als nächstes geschieht, in den Tag hineinleben müsste.

»Sassi, siehst du was ich sehe?«, lächelte ich und ging langsamer. »Da vorne auf dem Spielplatz…«

»Ist das nicht Mia auf der Parkbank?«, fragte Sassi und spähte in die Ferne. »Wo ist denn Lucie?«

»Im Sandkasten. Mike baut mit ihr Sandburgen«, lächelte ich.

»Oh wie süß!«, freute sich Sassi.

»Kannst du sehen, wie tiefenentspannt unsere Mia ist? Mike tut ihr gut…«, meinte ich und grinste.

»Ich wusste doch, dass er der Richtige für die beiden

ist«, strahlte Sassi.

Frohgestimmt setzten wir unseren Spaziergang in die andere Richtung fort. Wir wollten Mia, Mike und Lucie in ihren ersten gemeinsamen Stunden nicht unnötig stören.

»Möchtest du auf ein Glas Wein mit hochkommen?«, fragte ich Sassi als wir vor meinem Wohnhaus ankamen.

»Nein danke, Liebes. Ich möchte morgenfrüh ausgeschlafen und fit sein. Sei bitte pünktlich ja?«, lächelte sie und verabschiedete sich.

»Versprochen!«, rief ich ihr hinterher. »Ich gehe früh ins Bett und werde topfit, um sieben aufstehen.«

An einen tiefen, erholsamen Schlaf war in dieser Nacht aber leider nicht zu denken.

Sobald ich meine Augen schloss, erschien Luca in meinen Träumen. In diesen hatte ich meine Aufgabe des Paktes bereits mehrmals erfüllt.

Immer wieder wachte ich schweißgebadet auf. Ich fragte mich, ob meine Fantasien mit Luca tatsächlich jemals Realität werden würden und wie ich dies anstellen sollte. Vor allem aber fragte ich mich, warum mich dieser Mann bis in meine Träume verfolgte. Bereits jetzt war ich von Luca komplett besessen!

Natürlich verschlief ich am nächsten Morgen. Weit nach sieben Uhr blickte ich auf meinen Wecker, der mich ebenfalls im Stich gelassen hatte.

»Was?? Es ist schon fast acht??«, erschrak ich.

Sofort schoss ich aus meinem Bett, schlüpfte hastig in meine Klamotten und band mein Haar zusammen.

In nur fünf Minuten sollte ich Sassi zu ihrem Bewerbungsgespräch fahren. Auf keinen Fall wollte ich sie enttäuschen und zu spät kommen. Nie hätte ich es mir verziehen, wenn sie meinetwegen einen solch wichtigen Termin verpasst hätte.

Des Zeitdrucks wegen griff ich nach einem Kaugummi anstatt einer Zahnbürste und nach meiner Sonnenbrille anstatt der Mascara. Rundum besprühte ich mich mit Deo als Ersatz für die Dusche.

Fix schlüpfte ich in meine Slipper und hastete aus dem Haus.

Sassi war natürlich überpünktlich und wartete bereits ungeduldig vor Mias Haus. Verärgert verschränkte sie die Arme vor der Brust. Ich hatte ihren exakt getakteten Zeitplan durcheinander gebracht.

»Wo bleibst du denn? Du bist schon zehn Minuten zu spät!«, rief sie mir zu und rüttelte an Pollys Fahrertür. Mit dem Schlüssel voraus rannte ich Sassi entgegen. Als wollte ich eine Nachricht per Morsezeichen in die Galaxie schicken, drückte ich unentwegt den Knopf der Zentralverriegelung.

Da ich viel zu nah an der Hauswand geparkt hatte, musste Sassi über den Fahrersitz ins Auto steigen. Eilig folgte ich ihr und zog die Fahrertür zu.

»Es tut mir so leid!«, entschuldigte ich mich völlig außer Atem und startete den Motor.

»Schon gut, beeil dich bitte!«, drängte mich Sassi. Ungeduldig klopfte sie mit den Handflächen auf ihre Oberschenkel, was mich noch mehr in Hektik geraten ließ.

Nervös rüttelte ich an Pollys Schaltknauf und legte den Gang ein. Nach einem kurzen Blick in den Seitenspiegel stieg ich voller Wucht in das Gaspedal.

Ein heller, spitzer Schrei entfuhr uns, als Polly mit

Karacho in die falsche Richtung schoss!

In meiner Eile hatte ich anstatt dem Vorwärts- den Rückwärtsgang eingelegt.

Aus Reflex zog ich sofort die Handbremse an, doch es war bereits zu spät.

Ein ekelhaftes Kratzen und Knirschen zog sich über Pollys Dach. Die Katastrophe ahnend blickte ich verdutzt nach oben.

»Oh, oh…«, meinte Sassi perplex. Wie versteinert saßen wir im Auto.

Polly hupte und blinkte wie verrückt. Hilflos klemmte sie zwischen dem Asphalt und der Feuerleiter fest.

Ich wollte nicht noch mehr Schaden anrichten und traute mich nicht nochmals vorwärts zu fahren.

Also krochen Sassi und ich nacheinander zur Fahrertür hinaus, um das Ausmaß meines Missgeschickes zu begutachten.

Lange, schwarze Striemen zogen sich über Pollys Dach. Tiefe, breite Kratzer hatten sich in ihren Lack gefressen. Bis zur Mitte war Pollys Haupt komplett zerstört.

Auch das Ende der Feuerleiter, unter der ich Polly platziert hatte, war völlig verbogen und hatte sich mit dem Blech verkantet.

Ein paar Häuser weiter wurde dann auch noch Luca auf das laute Hupen aufmerksam und schritt lässig auf uns zu.

Ein breites Grinsen konnte er sich dabei nicht verkneifen.

»Ist das die neueste Wegfahrsperre?«, zog er mich auf und lachte.

Beschämt blickte ich zu Boden. Luca lachte zu Recht

über mich. Erst gestern ließ ich ihn glauben, eines Hundes wegen, betrunken in seinen Busch gefallen zu sein. Einen Tag später präsentierte ich ihm Polly, die unter einer Feuerleiter festklemmte.

»Wäre es nicht angebracht, uns deine Hilfe anzubieten, anstatt zu lachen?«, fragte Sassi verärgert und strich den Rock ihres Kostümchens glatt.

»Sorry, Mädels! Ich habe leider keine Zeit. Das Fitnessstudio ruft, ich muss ins Training«, meinte Luca noch immer belustigt.

»Wie zuvorkommend!«, zischte Sassi.

Zugegeben, auch mich enttäuschte Lucas Reaktion. Natürlich war sein Interesse an mir rein sexuell, doch wichtiger als seine tägliche Trainingseinheit hätte ich mich dennoch eingeschätzt.

»Man sieht sich«, grinste Luca, winkte kurz und schritt gut gelaunt von dannen.

»Arsch…«, nuschelte Sassi.

»Was mach ich denn nun?«, fragte ich verzweifelt und war den Tränen nahe.

»Oh mein Gott, Lexi, was hast du angestellt?«, ertönte es plötzlich aus Mias Küchenfenster. Es war Mike, der Mia und Lucie mit frischen Brötchen am Morgen überrascht hatte.

Sofort eilte er zu uns auf die Straße und begutachtete Pollys Autodach.

»Das sieht nicht gut aus…«, meinte er und grübelte.

»Hast du eine Idee, wie wir Polly da wieder rausbekommen?«, fragte ich.

»Lass mich mal schauen«, antwortete Mike und inspizierte die Feuerleiter.

»Wie komme ich denn nun zu meinem Bewerbungsgespräch?«, fragte Sassi ratlos. »Es beginnt in zehn Minuten...«

»Das schaffen wir!«, erklang es hinter uns.

»Ben!«, freute ich mich und fiel ihm erleichtert um den Hals.

Schon von weitem, hatte Ben mich verzweifelt vor Polly umherspringen sehen.

Sofort parkte er am Straßenrand und kam uns zu Hilfe.

»Steig ein Sassi«, sagte er und öffnete die Beifahrertür seines Sportwagens.

»Danke Ben!«, rief Sassi überglücklich und tippelte auf ihren hohen Pumps, eilig zu Bens Auto.

»Ich bin gleich wieder da, Lexi, dann kümmern wir uns um Polly«, versprach er, lächelte und stieg in seinen Wagen.

Mike hatte bereits Werkzeug und eine Leiter aus dem Keller geholt und montierte den unteren Teil der Feuerleiter ab.

»Tut mir leid, dass ich euer Frühstück gesprengt habe«, entschuldigte ich mich bei Mia, die mit Lucie auf dem Arm zu mir nach draußen kam.

»Das ist doch kein Problem«, lächelte sie.

»Wie bringst du dich nur immer in solche Situationen Lexi«, grinste sie und schüttelte ungläubig ihren Kopf. Auch Lucie schüttelte ihren Kopf.

»Das kann ich mir selbst nicht erklären...«, sagte ich und zwang mich zu einem mühevollen Lächeln.

Eine halbe Stunde später parkte Ben erneut neben uns und stieg aus.

Er half Mike den abgeschraubten Teil der Feuerleiter über das Autodach zu heben und auf dem Asphalt abzulegen.

Polly war befreit, doch sie hatte unzählig viele Lackschäden und tiefe Kratzer davon getragen.

»Das wird teuer…«, seufzte Mia und blickte mitfühlend zu mir.

»Das wird teuer…«, wiederholte Lucie.

»Auch das bekommen wir geregelt«, sagte Ben und zückte sein Smartphone.

»Wen rufst du an?«, fragte ich neugierig und schöpfte ein wenig Hoffnung.

»Meinen Dad. Sein bester Freund besitzt eine Autowerkstatt. Er wird dir das Dach günstig reparieren.«

»Und die Feuerleiter biege ich wieder gerade«, sagte Mike hilfsbereit, schnappte sich die verbogenen Stahlstäbe und verschwand im Keller.

»Ich kläre das mit meinem Vermieter«, lächelte Mia. Ein ganzes Gebirge fiel mir vom Herzen. Überglücklich solch wunderbare Freunde zu haben, bedankte ich mich ungefähr 25 Mal bei ihnen.

Vorsichtig fuhren Ben und ich mit Polly zur Werkstatt. Mia und Lucie folgten uns in Mikes Wagen, um uns wieder nach Hause zu bringen.

Zum Dank versprach ich am Abend auf Lucie aufzupassen. Mia und Mike sollten ihren unterbrochenen, gemeinsamen Morgen ungestört bei einem romantischen Abendessen fortsetzen können.

»Lässt du mich bei Tanya raus?«, bat ich Mia auf der Rückfahrt. »Ich möchte sie fragen, ob sie mir heute Abend Gesellschaft leistet«.

»Gern«, antwortete Mia und grinste schelmisch. Bereits jetzt war sie mehr als gespannt, ob wir den Wirbelwind Lucie unter Kontrolle bringen würden.

»Danke Ben! Vielen, vielen Dank!«, verabschiedete ich mich von ihm, als ich aus dem Auto stieg.

»Für was denn?«, fragte Ben und lächelte. Wieder blickte er mir einen kleinen Tick zu lang in die Augen.

»Tschüss, Kleine, bis heute Abend«, sagte ich zu Lucie und lächelte.

Kapitel 6

Mama Mia!
(Oder: Hinter den Kulissen einer Single-Mama)

Zu meiner Überraschung hatte Tanya sofort eingewilligt, mit mir gemeinsam auf Lucie aufzupassen. Pünktlich am Abend stand sie vor Mias Tür.

Mia war noch unter der Dusche, als Tanya ins Wohnzimmer trat.

»Tante Taaaanyaaaaa«, freute sich Lucie und rannte mit offenen Armen auf sie zu.

»Hallo, kleiner Schatz«, begrüßte Tanya sie und streckte ihre Hände nach Lucie aus.

Soviel Wärme und Herzlichkeit war ich von Tanya nicht gewohnt.

»Warum so fröhlich heute?«, hakte ich interessiert nach.

»Darf ich meine kleine Prinzessin nicht begrüßen?«, konterte Tanya und drückte Lucie einen dicken Kuss auf die Backe.

»Wurde über Nacht etwa dein Mutterinstinkt geweckt? So überschwänglich hast du Lucie noch nie begrüßt«, fragte Mia überrascht, als sie mit nassen Haaren aus dem Badezimmer kam.

»Lass die zwei nur reden, Lucie…«, flachste Tanya, nahm die Kleine an die Hand und ging mit ihr ins Kinderzimmer.

Mia und ich grinsten.

»Noch ist Lucie nicht müde und quengelig«, meinte Mia und zog ihre Augenbrauen nach oben.

»Ich fön dir die Haare und schminke dich«, lächelte ich und räumte einen Stapel Kinderbücher vom Küchenstuhl.

»Setz dich«, forderte ich Mia auf. Ich holte den Fön und ihre etwas dürftige Auswahl an Schminksachen aus dem Badezimmer. Vorsorglich ließ ich ihre Tamponausstellung in einer rosa Plastikkiste, die neben der Badewanne stand, verschwinden.

Ohne Widerworte nahm Mia auf dem Küchenstuhl Platz. Eifrig machte ich mich ans Werk. Mühevoll pustete ich ordentlich Volumen in ihr feines Haar. Ich frisierte es jugendlicher, frecher und drehte ein paar Locken ein.

Anschließend verpasste ich ihr ein verführerisches, kräftiges Makeup.

Tanya und Lucie erschienen in der Küche.

»Mama ist eine Fee!«, staunte Lucie und begutachtete die tiefblauen Augenlider ihrer Mutter.

»Eher eine Boxerin«, lachte Tanya.

»Ich bin zufrieden mit meiner Arbeit!«, entgegnete ich ihr.

»So geht das nicht….«, meinte Tanya, schnappte sich zwei Feuchttücher und wischte in Mias Gesicht umher.

»Was macht ihr da bloß mit mir?«, fragte Mia kritisch und blickte auf die blaugrün gefärbten Tücher.

»Ich unterstreiche deine natürliche Schönheit«, meinte Tanya, »zu welchem Karneval dich Lexi schicken wollte, musst du sie selbst fragen. Noch ein letzter Pinselstrich, fertig!«

Zufrieden klatschte Tanya in die Hände und hielt Mia einen Handspiegel vor die Nase.

»Ich sehe wirklich hübsch aus…«, lächelte sie und drehte ihren Kopf etwas, um die feine Hochsteckfrisur und das dezente Makeup von allen Seiten betrachten zu können.

»So viel Zurückhaltung bei einem Styling hätte ich nicht von dir erwartet«, sagte ich skeptisch. »Was ist das für ein plötzlicher Sinneswandel?«

Tanya verhielt sich auffällig seltsam an diesem Abend. Für ihre Verhältnisse war sie überaus warmherzig und engagiert. Mühevoll kümmerte sie sich um Lucie. Mit viel Geduld zauberte sie Mia ein wunderschönes, leichtes Makeup.

Erst jetzt fiel mir auf, dass auch Tanya selbst nur sehr dezent geschminkt war. Auch konnte ich mich nicht daran erinnern, sie jemals zuvor in solch lässigen Jeans gesehen zu haben.

Tanyas taffe Maske schien langsam zu fallen. Den Grund hierzu, sollte ich noch früh genug erfahren. Freudestrahlend verabschiedete sich Mia.

Mit Lucie auf meinem Arm blickte ich zum Küchenfenster hinaus. Gespannt beobachtete Tanya, wie Mike unsere Mia herzlich begrüßte. Auch er hatte sich rausgeputzt, war frisch rasiert und trug einen feinen, grauen Anzug.

»Die zwei passen wirklich toll zusammen«, lächelte ich und setzte Lucie auf dem Küchenstuhl ab.

»Siehst du wie ihre Augen funkeln?«, meinte Tanya ganz angetan.

»Seit wann fällt *dir* so etwas auf?«, hakte ich ungläubig nach. »Man könnte meinen, du bist verliebt?«

Tanya reagierte nicht auf meine Worte. Verträumt blickte sie aus dem Fenster, bis Mike den Motor seines roten Wagens startete und losfuhr.

»Ein Traumpaar...«, lächelte Tanya.

»Du sagst es...«, stimmte ich ihr zu.

Wir steckten die Köpfe zusammen, kicherten und drehten uns dann zu Lucie.

»Oh nein, Lucie!«, rief ich und eilte zu ihr.

Sie hatte nicht nur dem Küchenboden einen Anstrich mit rotem Lippenstift verpasst, sondern auch sich selbst von oben bis unten bemalt.

»Lucie ist hübsch!«, freute sie sich, als ich ihr den Lippenstift aus der Hand nahm und den blauen Lidschatten vor ihr in Sicherheit brachte.

»Nein, Lucie ist nicht hübsch!«, sagte Tanya und schnappte sich die Kleine. »Ich ziehe sie um, du rettest die Fliesen!«

Verwundert blickte ich Tanya hinterher. Noch vor ein paar Wochen hätte sie weder Lucie umgezogen, noch den Boden geschrubbt. Stattdessen hätte sie mir entspannt zugesehen und teilnahmslos an ihrem Champagner genippt.

»Was isst ein Kind eigentlich?«, fragte ich Tanya, als wir Lucie und die Küchenfliesen wieder in Ordnung gebracht hatten.

»Woher soll ich das denn wissen?«, entgegnete sie mir und zuckte mit den Schultern.

»Püriertes Gemüse?«, fragte ich.

»Hat sie denn noch keine Zähne?«, fragte Tanya. »Lucie mach mal dein süßes Schnäbelchen auf.«

Lucie schüttelte den Kopf.

»Komm schon, Kleine. Wir müssen doch rausfinden, welchen Härtegrad dein Abendessen haben darf«, versuchte es Tanya erneut.

Lucie blieb stur.

In ihrem feinen, hellblauen Spitzenkleidchen mit Puffärmel stand sie in der Küche und wartete bereits ungeduldig auf ihr Abendessen.

»Ich habe die Schlafanzüge nicht gefunden«, erklärte Tanya, als sie meinen verwunderten Blick bemerkte.

»Magst du Bohnen, Lucie?«, fragte ich und kramte im Küchenschrank. Sie nickte.

Ich öffnete eine Dose Bohnen und gab die Hälfte davon in den Mixer. Zeitgleich setzte Tanya Lucie in ihren Kinderstuhl.

»Karotten?«, fragte ich. Wieder nickte Lucie.

Auch der Inhalt dieser Dose landete im Mixer.

»Hier sind noch ein paar gekochte Kartoffelschnitze«, sagte Tanya und zog einen Teller aus dem Kühlschrank.

»Super«, lächelte ich zufrieden, »pürierst du alles? Ich gehe in den Keller und hole Getränke.«

Als Tanya die Kartoffelstücke in den Mixer gab, entdeckte sie die halbvolle Bohnendose.

Nichtsahnend zuckte sie mit den Schultern und kippte den Rest der Bohnen ebenfalls hinein.

»So Lucie, hier ist dein Gemüsebrei«, lächelte Tanya und setzte sich an den Küchentisch. Fürsorglich fütterte sie unseren kleinen Schützling.

Ich machte mich ebenfalls nützlich und legte Mias frischgewaschene Wäsche zusammen, die ich aus dem Trockner geholt hatte.

Anschließend legte ich die weißen, sauberen Laken und Shirts feinsäuberlich zurück in den Korb und stellte ihn im Wohnzimmer ab.

»Na war das lecker, Lucie?«, fragte ich und lächelte.

»Ja! Gut gekocht«, freute sich Lucie, »spielen wir jetzt?«

»Aber natürlich«, lächelte Tanya und nahm die Kleine aus dem Kinderstuhl.

»Läuft doch super bis jetzt«, meinte ich, als wir gemeinsam mit Lucie auf dem Boden saßen und mit Bauklötzen spielten.

»Ja, das ist einfacher als gedacht. Mit etwas mehr Organisation würde auch Mia ihren Alltag besser in den Griff bekommen. An Lucie kann es nicht liegen, dass hier zeitweise so ein Chaos herrscht«, sagte Tanya überzeugt.

»Du Vollblutmami«, neckte ich sie und grinste.

Eine halbe Stunde später interessierten Lucie die Bauklötze nicht mehr.

Sie lockte uns in ihr Zimmer und deutete auf eine große Truhe. Unzählig viele Prinzessinnen und Feenkostüme waren darin. In Sekundenschnelle hatte Lucie die komplette Truhe ausgeräumt und den gesamten Inhalt im Kinderzimmer verteilt.

Sofort wurden Tanya und ich mit Krönchen und kleinen Feenflügeln ausgestattet.

Unsere Bitte, die Truhe wieder einzuräumen, ignorierte Lucie. Stattdessen forderte sie uns munter auf wie zwei Feen im Zimmer umher zu springen und mit den Armen zu flattern.

Was taten wir nicht alles für sie…

Es dauerte nicht lange und wir fanden Gefallen in unseren Rollen als Fee und Elfe.

»Ich zaubere einen riesigen Kuchen herbei!«, rief ich, sprang gazellengleich auf Lucies Bett und schwang meinen pinkfarbenen Zauberstab.

»Ich hexe ihn kalorienfrei!«, rief Tanya und sprang elfenhaft von einem Bein aufs andere.

Lucie klatschte und hob sich ihren kleinen Bauch vor Lachen.

Plötzlich klingelte es an der Wohnungstür.

Mit fröhlichem Feengesang auf den Lippen schwebte ich zum Küchenfenster, um zu sehen wer geklingelt hatte.

»Ja?!«, zwitscherte ich zum Fenster hinaus.

»Hey Prinzessin, nette Krone hast du auf!«, erklang es zurück.

Nein – es waren zum Glück nicht Lucas Worte. Ben stand im Blaumann und mit Werkzeugkasten in der Hand vor der Tür.

»Was machst du denn hier?«, fragte ich überrascht.

»Mike hat mir eine SMS geschrieben. Er hat die Leitersprossen gerade gebogen. Ich baue sie nun wieder an. Öffnest du mir die Kellertür?«, antwortete Ben. Gesagt, getan.

»Du opferst deinen ganzen Tag für mich«, meinte ich entschuldigend, als ich ihn in den Keller begleitete.

»Ach, zu einem Footballspiel kann ich doch fast jede Woche«, sagte Ben.

»Du hast Karten für ein Footballspiel?«, fragte ich überrascht.

»Mach dir keine Gedanken, Lexi«, lächelte er und griff nach dem schweren Eisenstück, »ich hoffe, ich bin hiermit fertig, bis die Kleine ins Bett muss. Nicht, dass sie wegen mir nicht schlafen kann.«

Ben dachte einfach an alles.

»Und du gehst nun schnell wieder zu Lucie hinauf. Wenn die Nachbarn sehen, dass eine Fee und ein

Baumeister Babysitter spielen, rufen sie womöglich noch das Jugendamt«, lachte Ben.

Ich lächelte und ging die Treppe hinauf.

»Morgen schauen wir, ob es hier im Umkreis eine Firma gibt, die Parksensoren für das Autodach herstellt«, rief mir Ben hinterher und lachte.

»Lustig!«, schmunzelte ich und streckte ihm die Zunge raus.

»Flirtet ihr etwa?«, rief uns Tanya von der Wohnungstür aus entgegen.

»Oh, noch eine Fee!«, rief Ben und grinste.

»Ach Quatsch, wir flirten doch nicht«, lachte ich und ging in die Wohnung hinein.

»Wo ist Lucie?«, fragte ich Tanya.

»Sie spielt wieder mit ihren Bauklötzen«, antwortete Tanya ruhig.

»Gut. Lass uns doch ein Glas Sekt trinken und gemütlich etwas fernsehen, bis wir Lucie ins Bett bringen«, schlug ich vor, als wir nichtsahnend ins Wohnzimmer traten. Doch hier wartete bereits die nächste Überraschung auf uns…

»Das sind keine Bauklötze, mit denen sie da spielt«, stellte ich perplex fest.

Wie versteinert und mit offenen Mündern blickten wir zu Lucie. Sie hatte den Wäschekorb gekentert und sich ein gemütliches Kuschelnest aus der frischen, weißen Wäsche gebaut.

»Ich hatte sie doch nur zwei Minuten alleine gelassen«, rang Tanya um Fassung und schlug die Hände über dem Kopf zusammen.

»Oh nein, Lucie…«, seufzte ich und sammelte ein paar Shirts zusammen.

»Was riecht hier nur so streng?«, fragte Tanya und rümpfte die Nase.

Fast zeitgleich gab Lucies Darm ein lautes Surren von sich. Angespannt blickte ich erst zu Tanya, dann zu Lucie, die zufrieden auf ihrem Wäschehaufen saß.

»Ich mache Kacka!«, erklärte sie stolz und grinste.

»Boah, das stinkt ja bestialisch!«, rief ich und presste mir das weiße Shirt vor die Nase.

»Zum Glück trägt sie eine Windel…«, nuschelte ich.

»Lucie trägt noch Windeln?«, fragte Tanya überrascht.

»Ja?! Am Abend tut sie das!«, sagte ich mit Nachdruck und blickte angespannt zu Lucie.

»Im Moment tut sie das nicht…«, sagte Tanya mit leiser Stimme.

Mit dem zweiten, lauten Surren aus Lucies Richtung färbten sich die ersten, weißen Laken hellbraun. Ein übelriechender, flüssiger Sud ergoss sich über dem Wäscheberg.

»Schnell! Sprühpupsalarm! Bring sie in die Küche!«, befahl ich Tanya und sprang auf.

»Warum denn ich?«, fragte sie und hielt sich die Nase zu.

Entnervt rollte ich mit den Augen und schnappte mir Lucie.

»Wie kann ein kleiner Mensch nur so stinken?«, rief ich und drehte angewidert meinen Kopf zur Seite. Mit ausgestreckten Armen trug ich Lucie eilig in die Küche und setzte sie in das Spülbecken.

»Tanya! Hast du die ganzen Bohnen in den Mixer gesteckt?«, rief ich, als ich die leere Dose neben der Spüle stehen sah.

»Sollte ich das etwas nicht?«, erkundigte sich Tanya kleinlaut und presste ihre Lippen aufeinander.

Ich warf ihr einen verärgerten Blick zu und begann Lucie auszuziehen. Es schien, als würde Tanya in ihr altes Raster zurückfallen. Seelenruhig bediente sie sich am Kühlschrank und ließ mich die unangenehme Arbeit erledigen.

»Aua, verdammt!«, fluchte ich, als mir der Korken einer Champagnerflasche an den Hinterkopf knallte.

»Entschuldige«, murmelte Tanya verlegen und zog sich ins Wohnzimmer zurück.

Nur ein paar Sekunden später stand sie erneut in der Küche. Sie hielt sich die Nase zu und schnappte sich die Grillzange. Aus dem Küchenschrank zog sie einen großen, blauen Müllsack.

Scheinbar hatte Tanya nun doch ein schlechtes Gewissen und packte mit an.

Aus dem Augenwinkel heraus beobachtete ich, wie sie angewidert die braungefärbte Wäsche mit Hilfe der Grillzange in den Beutel beförderte.

Grinsend trocknete ich Lucie mit einem Küchentuch ab und zog ihr frische Klamotten an.

»So, meine Kleine, jetzt bist du wieder sauber«, lächelte ich und trug sie in ihr Kinderzimmer.

»Nun aber schnell ins Bettchen. Es ist schon fast dunkel«, meinte ich und zog die Jalousien zu.

»Wo ist meine Schmusedecke?«, fragte Lucie. Mit großen Kulleraugen blickte sie suchend um sich.

»Wo hattest du sie denn zuletzt?«, fragte ich und suchte zwischen den Stofftieren in ihrem Bett.

Lucies Augen füllten sich mit Tränen. Ihr kleines Mündchen begann nervös zu zittern.

Sofort suchte ich schneller.

Dann begann sie verzweifelt mit ihren kleinen Füßchen zu scharren.

Die Katastrophe erahnend schmiss ich nun ein Stofftier nach dem anderen hinter mich. Leider ohne Erfolg. Die Schmusedecke blieb unauffindbar.

»Schmuuuuuusiiiiiiii!«, weinte Lucie lauthals los.

»Ganz ruhig. Wir finden sie schon«, versuchte ich sie zu beruhigen und begann zu schwitzen.

Zu diesem Zeitpunkt neigte sich meine Geduld langsam aber sicher dem Ende zu.

Seit Mia die Wohnung verlassen hatte, war keine einzige Minute vergangen, in der ich einfach mal *nichts* zu tun hatte!

Sekunde um Sekunde hatte Lucie nach unserer vollen Aufmerksamkeit verlangt. Wir hatten gekocht und danach die komplette Küche gesäubert. Zwischen Tür und Angel uns selbst einen Happen in den Mund geschoben und dann mit Bauklötzen gespielt. Zwischendurch Tee gereicht, Pflaster auf Wunden, die nicht wirklich existierten, geklebt und die Wohnung irgendwie in Ordnung gehalten.

Keinen winzig kleinen Moment hatten wir Lucie aus den Augen gelassen.

Selbst auf der Toilette hatte Lucie mich aufgesucht und ungeduldig nach einem Keks verlangt.

Trotz aller Mühe schien der Abend nun dennoch im Chaos zu enden…

»Ist das Schmusi?«, fragte Tanya. Mit der Grillzange in der Hand stand sie im Türrahmen und hielt eine stinkende, hellbraun eingefärbte Kinderdecke in die Höhe.

»Meine Schmusi!«, freute sich Lucie und streckte ihre kleinen Händchen aus.

»Die kannst du nicht haben Schatz. Wir müssen sie erst waschen«, versuchte ich zu erklären.

»Ohne Schmusi kann ich nicht schlafen!«, brüllte Lucie und schmiss sich wütend in ihr Bett. Unaufhörlich begann sie mit den Füßen gegen die Kinderzimmerwand zu trommeln.

»Schmusiiiiiiii! Ich will Schmuuuussiiii!«, brüllte sie durch das Zimmer.

»Schenk mir ein Glas Champagner ein...«, sagte ich zu Tanya. Mit den Nerven am Ende ließ ich mich vor Lucies Bett auf den Boden sinken und kapitulierte.

»Ist leer«, grinste Tanya.

»Du hast die ganze Flasche ausgetrunken?«, fragte ich ungläubig.

»Jep! Aber ich mache sofort eine Neue auf«, erklärte Tanya mit erhobenem Zeigefinger und torkelte zum Kühlschrank.

»Super...auch das noch«, seufzte ich.

Ein schreiendes Kind, das allmählich einen Trotzanfall entwickelte, eine betrunkene Babysitterin und ein Beutel mit übelriechender Wäsche waren die Resultate des Abends.

»Lexi? Ist alles in Ordnung bei euch?«, rief Ben von draußen.

Ich ging in die Küche und öffnete das Fenster.

»Oh Ben...«, sagte ich und rollte mit den Augen.

»Hier ist Besuch für dich«, sagte Ben, ehe ich ihm mein Herz ausschütten konnte.

»Luca?! Was machst du denn hier?«, fragte ich überrascht, als ich ihn am Straßenrand erblickte.

»Ja, ähm hi…«, antwortete er und kratzte sich verlegen am Hinterkopf, »ich wollte mich entschuldigen. Es war nicht gerade nett von mir, dich heute Mittag so stehen gelassen zu haben.«

»Schon in Ordnung. Das haben wir auch ohne dich hinbekommen«, fiel Ben ihm ins Wort.

»Ähm ja…«, versuchte sich Luca weiter zu erklären, »jedenfalls, ich wollte fragen, ob ich das wieder gut machen kann. Ich habe gehört, dass du heute Abend auf Lucie aufpasst?«

Er zog eine Flasche Rotwein hinter seinem Rücken hervor.

»Woher weißt du das?«, fragte ich überrascht.

»Von Tanya…«, antwortete er.

»Ihr kennt euch?«, hakte ich misstrauisch nach.

»Ja, wir haben uns heute Mittag im Training getroffen«, antwortete Luca.

»Seit wann gehst du denn ins Fitnessstudio?«, fragte ich irritiert und drehte mich zu Tanya, die es inzwischen irgendwie geschafft hatte Lucies Schreianfall zu stoppen.

»Seit heu…heute«, lallte Tanya in mein Ohr und winkte mit übertriebener Euphorie zum Küchenfenster hinaus.

»Oh, hallo Tanya«, sagte Luca und blickte verlegen zu Boden.

Die Situation kam mir mehr als seltsam vor.

Auch, dass Ben vor Eifersucht fast platzte und Luca am liebsten zum Teufel gejagt hätte, war mir nicht entgangen.

»Stop, stop, stop!«, rief ich entnervt, eilte in den Flur und entriegelte die Eingangstür.

Es wurde eindeutig zu viel für mich.

Ich tat es nicht gern, doch ich bat Luca, Tanya nach Hause zu bringen. Auch Ben fragte ich ein weiteres Mal nach Hilfe an diesem Tag.

Zugeben, viel lieber hätte ich Luca bei mir behalten und Ben mit Tanya weggeschickt.

Doch Luca konnte und wollte ich nicht darum bitten, mit mir die Wohnung aufzuräumen, bevor Mia zurückkehrte.

Ohne zu zögern schnappte sich Ben den Müllsack mit den verdreckten Laken und ging in die Waschküche. Geschafft und müde setzte ich mich an den Küchentisch. Ich öffnete den Wein, den mir Luca überlassen hatte und trank zwei große Schlucke direkt aus der Flasche. Einen zweiten und dritten gleich hinterher. Gemeinsam beseitigten Ben und ich das Chaos. Wir säuberten die Tische, spülten das restliche Geschirr, räumten die verstreuten Spielsachen zurück an ihre Plätze, wischten die Böden und sanken dann erschöpft in die Sofakissen.

»Sieht besser aus als vorher«, grinste ich und sah mich in der sauberen Wohnung um.

»Du siehst ganz schön fertig aus«, meinte Ben, nahm einen Schluck aus der Weinflasche und reichte sie mir weiter.

»Ja«, meinte ich und nahm einen Schluck, »das war ein heftiger Tag. Ohne dich hätte ich das alles nicht geschafft Ben. Danke«, lächelte ich. Der Wein zeigte bereits Wirkung.

Überschwänglich fiel ich Ben um den Hals, stieg mit einem Bein über seine geschlossenen Knie und setzte mich auf seine Oberschenkel.

Überrascht bewegte sich Ben erst überhaupt nicht mehr, dann legte er zaghaft seine Hände auf meine Hüften.

Vorsichtig löste er sich aus meiner festen Umarmung und blickte mir in die Augen.

»Was ist?«, fragte ich irritiert, als er dies auch noch nach einigen Sekunden tat.

»Du bist wunderschön Lexi, habe ich dir das schon mal gesagt?«, flüsterte Ben.

Verunsichert wich ich zurück. Ungläubig sah ich ihn an.

»Ben, ich…ich fühle mich geschmeichelt«, stotterte ich.

Mit diesem kleinen Satz hatte Ben die erste Grenze in unserer Freundschaft bereits überschritten.

Fast gar ein wenig fassungslos saß ich noch immer auf seinen Oberschenkeln.

Zärtlich strich er mir eine Haarsträhne aus meinem Gesicht.

Ich griff nach seiner Hand, presste sie fest gegen meine Wange und schloss die Augen. Ich fühlte zu viel für Ben, um diesen Moment nicht zu genießen, doch zu wenig um sein Verlangen zu erwidern.

Sanft wich ich zurück, als er mein Gesicht in seiner Hand langsam zu seinem führte.

»Ben, nicht…«, flüsterte ich.

»Warum nicht?«, hauchte er zärtlich.

»Du bist mein bester Freund, Ben…«

»Du bist für mich mehr als meine beste Freundin, Lexi…«

Ich wusste nicht genau, ob ich seine Worte als gut oder schlecht empfinden sollte. In diesem Moment versuchte mir mein jahrelanger Kumpel vorsichtig beizubringen, dass er sich in mich verliebt hatte.

Geahnt hatte ich dies bereits seit einiger Zeit, doch meine Vermutungen nun bestätigt zu bekommen überforderte mich.

Nur ein falsches Wort von meiner Seite, hätte unsere Freundschaft für immer zerstören können…

Wir schreckten auf und blickten zur Tür, als diese plötzlich aufgesperrt wurde.

»Was ist denn hier los?«, fragte Mia und blickte verwundert zu Ben und mir.

Mike tauchte hinter ihrem Rücken auf.

»Nichts«, antwortete ich schnell und kletterte hastig von Bens Oberschenkeln.

»Wir haben nur rumgealbert«, rechtfertigte ich mich.

»Wie war euer Abend?«, fragte Ben und versuchte von der peinlichen Situation abzulenken.

Mia grinste und blickte zu Mike.

»Darf ich euch meinen neuen Freund vorstellen?«, freute sie sich und umgriff Mikes Hand.

»Ihr seid zusammen? Mia das ist wunderbar!«, rief ich.

Sofort sprang ich auf, um sie mit einer herzlichen Umarmung zu beglückwünschen. Ich freute mich sehr für Mia und zeitgleich darüber, dass sie im richtigen Moment die Tür aufgeschlossen hatte. Ohne weitere Rechtfertigungen konnte ich mich so aus der pikanten Situation mit Ben retten.

»Schläft Lucie?«, erkundigte sich Mia und legte ihren Mantel ab. Mike schloss die Tür hinter sich zu.

»Ich bin hier, Mama!«, rief Lucie aus dem Badezimmer.

»Was? Ich dachte…also gerade war sie doch noch in ihrem Bett…«, stotterte ich etwas verlegen.

Hellwach tapste Lucie aus dem Badezimmer und streckte Mia zwei weiße, tropfende Wattebäusche entgegen.

»Was hast du denn da, Schatz?«, fragte Mia und griff nach dem blauen Bindfaden, der an Lucies kleiner Hand baumelte.

»Das ist ein mit Wasser vollgesogener, dicker, fetter Tampon«, stelle Ben verwundert fest.

Mike prustete los.

In der pinkfarbenen Plastikkiste, befand sich Lucies Spielzeug für die Badewanne. Ausversehen hatte ich die Tampons in ein noch mit Wasser gefülltes, kleines Eimerchen darin geschüttet.

Vor Scham wäre Mia am liebsten im Erdboden versunken und dies so schnell wie nur möglich.

»Wo, wo hast du das denn her, meine Kleine?«, fragte Mia und versuchte gefasst zu wirken.

»Da, aus meiner Spielzeugkiste«, lächelte Lucie.

»Hast du die Tampons da reingeworfen?«, flüsterte Mia und sah verärgert zu mir.

»Ich wollte doch nur verhindern, dass Mike sie sieht…«, erklärte ich leise.

»Na das hast du ja wunderbar hinbekommen!«, zischte Mia.

»Warum sind die Dinger auch nicht in einer Schutzhülle?«, fragte ich mit Nachdruck.

»Das sind Bio-Tampons! Die sind nicht in Plastik verpackt!«, flüsterte Mia ärgerlich.

»Was macht man damit, Mami?«, fragte Lucie und knautschte den zweiten Tampon in ihrer kleinen

Hand.

»Das ist ein Wattestäbchen für Erwachsene«, erklärte Mike ruhig und setzte sich zu Lucie auf den Boden.

»Für große Ohren?«, hakte Lucie nach.

»Für ganz große Ohren«, sagte Mike und lächelte.

»Nein, Lucie, nicht!«, rief Mia mit tiefrotem Gesicht, als Lucie mit dem nassen Tampon auf Mikes Ohr zusteuerte.

Ich kam ihr zuvor und schnappte mir den nassen Watteknäuel.

»Gott ist das peinlich!«, klagte Mia und schlug sich den Handballen gegen ihre Stirn.

»Es ist doch gar nichts passiert«, beruhigte sie Mike, »so etwas geschieht mit kleinen Kindern. Das gehört dazu…«

Seine Worte waren Balsam für Mias Seele. Sofort entspannte sie sich wieder etwas.

Es schien, als hätte sie mit Mike tatsächlich den Richtigen gefunden.

Er trug nicht nur Mia auf Händen, auch die kleine Lucie hatte er sofort in sein Herz geschlossen.

»Nun geht es aber ins Bett«, lächelte Mike und nahm Lucie Huckepack.

»Liest du mir noch eine Geschichte vor, Onkel Mike?«, fragte Lucie, als sie in ihrem Bettchen lag.

»Aber natürlich, meine kleine Prinzessin«, versprach er und deckte sie liebevoll zu.

Keine fünf Minuten später war Lucie eingeschlafen und dies ganz ohne Schmusedecke.

Mike ersparte Mia die Situation, sich eine Ausrede einfallen lassen zu müssen, warum er heute Nacht nicht bei ihr bleiben konnte. Er wusste, dass es ihr für eine gemeinsame Nacht noch zu früh war.

Gentlemanlike verabschiedete er sich an der Wohnungstür und blickte Mia noch einmal verliebt in die Augen, bevor er ging.

»Ihr zwei habt euch nun bestimmt viel zu erzählen. Schlaf gut Mia«, verabschiedete sich Ben von uns und griff nach seinem Autoschlüssel.

»Lexi, überlege dir was du willst…«, flüsterte er in mein Ohr, als er mich zum Abschied fest in seine Arme schloss.

Mir wurde heiß und kalt. Panik kam in mir auf.

Bens Worte setzten mich unter Druck, und das wollte ich nicht.

Erst gestern hatte ich wild mit Luca geknutscht. Die Planungen für meinen One-Night-Stand mit ihm waren in vollem Gange. Heute versuchte Ben mein einst so perfektes Konzept zu durchkreuzen.

Bei der restlichen Flasche Wein erzählte mir Mia von ihrem wunderschönen Abend mit Mike und wie sie letztendlich zusammengekommen waren.

Auch berichtete sie, dass Sassis Bewerbungsgespräch erfolgreich war und sie den Job als Chefassistentin bekommen hatte.

Zugegeben, so richtig konnte ich Mias Worten nicht folgen. Meine Gedanken waren bei Ben, dann bei Luca und wieder bei Ben…

Keinem Mann vertraute ich so sehr wie ihm. Keiner kannte mich so gut wie er. Nie hatte ich mit einem meiner bisherigen Partner so viele Gemeinsamkeiten und schöne Zeiten wie mit Ben.

Tief in meinem Herzen empfand ich mehr als nur Freundschaft für ihn, doch dies wollte ich mir zu jenem Zeitpunkt einfach noch nicht eingestehen. Insgeheim beschloss ich meinen Plan mit Luca durchzuziehen und den Pakt zu erfüllen...

Kapitel 7

Zwischen den Stühlen
(Oder: Wie man mit zwei Männern im Leben gleichzeitig zurechtkommt)

Die Nacht von Montag auf Dienstag war keineswegs erholsam oder gar angenehm für mich.

Meine Gedanken bescherten mir einen unruhigen Schlaf und wirre Träume.

Ich sah Ben vor meinen Augen. Ich hörte die letzten Worte, die er mir zum Abschied in mein Ohr geflüstert hatte, immer und immer wieder.

Ben verlangte nach einer Entscheidung.

Niemals hätte ich mich gegen ihn entschieden – als meinem besten Freund.

Mehrmals lag ich wach und starrte in die Dunkelheit. Als ich in mich hinein horchte und mich fragte, ob ich mich auch nicht gegen eine Beziehung mit ihm entscheiden würde, gab mir mein Innerstes keine Antwort.

Gefrustet drehte ich mich auf den Bauch und vergrub mein Gesicht im Kissen.

Unzufrieden trommelte ich mit den Füßen auf der Matratze. Ich gab ein dumpfes Grummeln von mir, bevor ich wieder einschlief.

Dann drängte sich Luca in meine Träume.

Ich spürte seine verführerischen Lippen auf meinen, sah wie wir uns leidenschaftlich küssten.

Tief atmete ich den reizvollen Duft seines Parfüms

ein, als ich seinen Hals liebkoste.

Im Traum setzte ich unsere Knutschereien fort und ließ meine Fingerspitzen über seinen nackten, perfekt trainierten Oberkörper gleiten…

Mein Verlangen nach ihm steigerte sich bis ins Unendliche. Mein Herz raste!

Lucas Küsse wurden wilder, stürmischer, er packte mich an den Hüften, er wollte mich, verführte mich und plötzlich – plötzlich schreckte ich auf und saß senkrecht in meinem Bett!

»Oh mein Gott, was war das?«, fragte ich mich völlig außer Atem und knipste die Nachttischlampe an. Verwundert blickte ich auf mein verschwitztes Shirt. Ich spürte meinen Puls kräftig pumpen.

Eines war klar: Was Luca in jener Nacht, in meinen Träumen mit mir angestellt hatte, konnte in der Realität nur der absolute Wahnsinn sein.

»Okay, Lexi«, beruhigte ich mich und umklammerte meine Knie.

Schritt für Schritt versuchte ich meine Gedanken zu entwirren und meine Träume zu deuten:

»Sei nun einfach ehrlich zu dir selbst«, befahl ich mir streng und zog die Augenbrauen nach oben.

»Du willst mit Luca ins Bett! Da gibt's weder eine Ausrede, noch ein Davonlaufen. Bis das nicht erledigt ist, wirst du den Kerl nicht aus deinem Kopf bekommen!«

Ich seufzte.

»Und Ben…Ben ist mehr als nur dein bester Kumpel, gib es einfach zu!«, ermahnte ich mich in Gedanken. Als mir das Ergebnis meiner Analyse bewusst wurde, schlug ich verzweifelt die Hände über meinem strubbeligen Kopf zusammen. Wieder trommelte ich mit den Füßen auf der Matratze.

Ich wollte zwei Männer. Einen fürs Bett und einen für mein Herz. Ich musste einen Weg finden um beides zu bekommen!

»Okay, okay, okay«, versuchte ich mich erneut zu besänftigen und kletterte entschlossen aus meinem Bett.

In der Morgendämmerung schritt ich grübelnd im Schlafzimmer auf und ab. Die Vögel begannen schon leise zu zwitschern.

»Das mit Luca ist nur ein einziges Mal. Eine einmalige Sache! Es muss sein. Ich kann nicht anders. Ben wird niemals etwas davon erfahren...«, philosophierte ich vor mich hin, »danach kann ich meinen wahren Gefühlen freien Lauf lassen...«

An jenem frühen Morgen gestand ich mir endlich ein, dass auch ich mehr für Ben empfand als ich bisher zugeben wollte.

Hätte man zu unserer bisherigen, wundervollen Freundschaft Sex hinzugefügt, wäre daraus eine perfekte Beziehung entstanden.

Liebe und Gefühle brauchte niemand mehr hinzuzugeben. Beides schlummerte bereits über Monate, wenn nicht sogar über Jahre, in uns und begleitete unserer Freundschaft Tag für Tag.

Doch auf das Abenteuer mit Luca zu verzichten kam für mich nicht in Frage. Er würde mich in Form eines unerfüllten Verlangens ein Leben lang begleiten.

Auf dem Weg ins Badezimmer, legte ich die Hand an mein Kinn und überlegte.

In Gedanken erweiterte ich unseren Pakt.

Noch immer wollte ich meinen ersten und einzigen One-Night-Stand mit Luca erleben. Solange musste Ben noch warten. Danach wollte ich mein Herz für ihn öffnen und die vermutlich letzte Beziehung in meinem Leben eingehen.

Nun musste ich es nur schaffen, dass sich beide Männer meinen Zeitplänen anpassten und sich nicht gegenseitig in die Quere kamen.

In punkto Zeitplänen machte ich mir da bei Ben weniger Gedanken…

Eine Viertelstunde vor der verabredeten Uhrzeit klingelte er an meiner Tür, um mich vor der Arbeit zu Polly in die Werkstatt zu fahren.

Mit der Zahnbürste im Mund sprang ich aus der Dusche und wickelte mir geschwind ein Handtuch um den Körper.

Kurz vor der Tür stoppte ich.

Von nun an stand mit Ben nicht mehr nur mein *Kumpel* vor der Tür…

Ich wurde unruhig. Urplötzlich fehlte etwas von meiner Unbekümmertheit, die ich ihm gegenüber immer hatte.

»Moment, Ben«, rief ich in die Sprechanlage und hastete zurück ins Badezimmer.

Schnell wischte ich mir die Zahnpasta vom Kinn, bürstete mein Haar und schlüpfte in meine Tanzklamotten.

»Es ist doch noch gar nicht sieben Uhr?!«, empfing ich ihn an der Tür und versuchte mein ungeschminktes Gesicht hinter meinem Kaffeebecher zu verbergen.

»Konnte nicht mehr schlafen….«, murmelte Ben und

blieb wie angewurzelt im Flur stehen.

»Was ist? Warum kommst du nicht rein?«, fragte ich verunsichert.

Ben blickte zu Boden. Auch er wirkte nicht so zwanglos wie er sonst immer war.

»Und warum versteckst du dein Gesicht hinter einer leeren Kaffeetasse?«, konterte Ben und ging ins Wohnzimmer.

»Ich bin noch nicht geschminkt«, erklärte ich geschwind.

»Das hat dich doch sonst auch nicht gestört?«, meinte Ben. Er legte seine Hand auf meine und führte die Tasse weg von meinem Gesicht.

Ja – *sonst* hatte mich das nicht gestört. Doch nun war es mir unangenehm. Plötzlich wollte ich vor Ben gut und begehrenswert aussehen. Ein völlig neues Empfinden, das mir einerseits zeigte, wie viel mir Ben wirklich bedeutete und andererseits eine Kluft zwischen uns trieb.

Verlegen blickte ich zu Boden.

»Tussi«, lächelte Ben, legte seinen Finger an mein Kinn und führte sanft mein Gesicht nach oben. Grinsend blickte er mir in die Augen.

Starr wartete ich auf das Kribbeln in meiner Magengegend und suchte nach dem warmen Gefühl in meinem Bauch.

Doch stattdessen ergriff mich Panik! Keine Engel sangen! Diese erneute, minikleine Grenzüberschreitung zwischen uns war mir mehr als unangenehm und einfach zu viel für mich!

»Was ist?«, fragte Ben, als er meine Unruhe bemerkte.

»Schnell! Überleg dir etwas! Jetzt nur nichts Falsches antworten!«, befahl ich mir in Gedanken.

»Ich muss nachdenken, Ben«, sagte ich dann und hoffte, ihn mit dieser Antwort noch einige Tage zufriedenstellen zu können. Gleichzeitig räumte ich mir so einen gewissen Zeitraum für *»das Projekt-Luca«* ein.

»Ist gut, Lexi...«, beruhigte mich Ben und lächelte.

»Sehr gut! Das war ja einfach...«, dachte ich.

Anstatt der Engel fanden sich kleine Teufelchen in meinem Kopf zusammen und spielten auf schrillen E-Gitarren. Schnell schnappte ich meine Sporttasche und folge Ben das Treppenhaus hinunter.

Auf der Fahrt zur Werkstatt herrschte ein ungewohntes, bedrückendes Schweigen zwischen uns. Minutenlang sprach keiner von uns auch nur ein einziges Wort.

»Was machst du heute Abend?«, fragte Ben plötzlich und unterbrach somit die Stille. Doch anstatt mich nun ein wenig zu entspannen und die beklemmende Situation mit etwas Smalltalk aufzulockern, brach in mir erst recht Panik aus...

»Oh nein, will er jetzt ein Date? Will ich ein Date? Ein Date mit meinem besten Kumpel? Ich will noch kein Date! Das geht zu schnell! Nächste Woche vielleicht, dann könnte das mit Luca geklappt haben! Doch was, wenn nicht? Hilfe!«, schoss es mir in Lichtgeschwindigkeit durch den Kopf.

»Hab ich etwas Falsches gesagt?«, fragte Ben verdutzt, als er meinen festen, panischen Griff um die Träger meiner Sporttasche bemerkte.

»Hm? Nein, nein hast du nicht...«, riss ich mich aus

meinen Gedanken und blickte zu ihm.

»Lust auf Kino?«, fragte Ben und bog auf den Parkplatz der Werkstatt ein.

»Wann?«, fragte ich, um mein eindeutiges »Nein« noch hinauszuzögern.

»Na heute Abend?!«, meinte Ben mit Nachdruck.

»Achtung, er wird misstrauisch. Schnell! Eine glaubhafte Ausrede!«, überschlugen sich meine Gedanken.

»Ich kann nicht, ich....«, antwortete ich und suchte nach den passenden Worten.

»Oh nein, was mache ich doch gleich heute Abend?« Unbemerkt rollte ich mit den Augen und wippte nervös mit den Fußspitzen.

»Ich gehe mit Tanya und Sassi ins Fox. Wir wollen Sassis neue Stelle begießen«, antwortete ich dann und versuchte meine Stimme fest klingen zu lassen.

»An einem Dienstagabend?«, fragte Ben irritiert.

»Oh...es ist Dienstag.«

»Ähm ja....du kennst uns doch. Wir feiern die Feste wie sie fallen«, sagte ich schnell und versuchte so ungezwungen wie nur möglich zu lächeln.

»Okay, cool«, meinte Ben.

»Puuuuh«, gedanklich atmete ich durch. Ben hatte ich vertröstet.

»Kann ich mitkommen?«, fragte er dann, stieg aus, lief um sein Auto und öffnete mir die Beifahrertür.

»Ben...gib auf! Bitte!«, flehte ich schweigend.

Ich konnte und wollte Ben an diesem Abend nicht treffen. Insgeheim brauchte ich tatsächlich Abstand! Nicht um Zeit mit Luca zu verbringen, sondern einfach nur für mich. Ich wollte eine Runde joggen gehen, abschalten, mein wirres Hirn ordnen! Doch Ben ließ einfach nicht locker und attackierte mich mit seinen Fragen. Ich fühlte mich regelrecht von ihm bedrängt.

»Das ist ein Mädelsding...«, erklärte ich, lächelte und stieg aus.

»Gut, dann kann ich euch ja abholen. Rufst du an?«, versuchte es Ben weiter.

Mit Männern durch die Blume zu sprechen machte schon damals einfach keinen Sinn. Ich fragte mich, wieviel Körbe sich Ben noch einfangen wollte, bevor er verstand, dass ich ihn einfach nicht sehen wollte. Natürlich wäre ein klares »Nein, Ben, heute nicht« einfacher gewesen, doch so kühl und abweisend konnte ich mich ihm gegenüber nicht verhalten. Schließlich wollte ich ihn nicht loswerden, er sollte sich nur gefälligst hinten anstellen!

»Ja, mache ich. Wir rufen dann an«, antwortete ich entnervt und stieg aus. Aus meiner Verzweiflung heraus hatte mein Mund gesprochen, ohne davor mein Hirn zu kontaktieren...

»Was? Er holt uns ab? Dann müssen wir ja tatsächlich ins Fox!«

Erschrocken riss ich meine Augen auf. Mir wurde heiß....

»Ich meine...«, versuchte ich mich noch schnell zu korrigieren, doch Ben saß bereits wieder in seinem Wagen und hatte den Motor gestartet. Er konnte mich nicht mehr hören.

»Fahr vorsichtig«, rief er mir noch aus seinem Wagen entgegen.

»Ja, mache ich....«, sagte ich leise vor mich hin und gab mich geschlagen.

Bedröppelt blickte ich der kleinen Staubwolke hinterher, die Bens Sportwagen auf dem Kies hinterlassen hatte.

Hätte Polly Gefühle gehabt, wäre sie an diesem Tag mehr als enttäuscht gewesen.

Anstatt mich wie eine Wahnsinnige auf mein Mädchen zu freuen, trabte ich fast desinteressiert zu ihr, öffnete wie fremdgesteuert die Autotür und ließ mich auf den Fahrersitz plumpsen.

Ich griff das Lenkrad und ließ meine Stirn dagegen fallen.

Gefühlte zehn Minuten verharrte ich in dieser Position, bis jemand an das Fenster klopfte.

»Lexilein? Schläfst du?«, erklang eine klare, helle Stimme.

Mit der Stirn noch immer am Lenkrad klebend, drehte ich mich zur Fahrertür.

»Sassi. Was machst du denn hier?«, fragte ich. Ohne meinen Kopf zu heben ließ ich die Scheibe herunter.

»Ich habe mir ein Auto gekauft. Einen Gebrauchtwagen«, antwortete sie voller Euphorie.

»Du und einen Gebrauchtwagen?«, meinte ich zynisch.

»Natürlich«, entgegnete mir Sassi, lächelte, tippelte um Polly und nahm auf dem Beifahrersitz Platz.

»Das gehört alles zu meinem neuen Leben«, erklärte sie freudestrahlend, »ab Montag habe ich eine höhere Position in der Firma, fahre meinen eigenen Wagen und führe somit ein völlig eigenständiges Leben.«

Komplett von sich überzeugt, räkelte sie sich und schlug die Beine übereinander.

Ich kannte keine andere Frau, die es je geschafft hatte, sich so grazil und förmlich in einen Kleinwagen zu setzen.

»Mein Teil des Paktes wäre somit beinahe erfüllt. Warum fährst du nicht los?!«, fragte Sassi.

»Wohin denn?«, fragte ich irritiert.

»Zum Fitnessstudio, meine Mutter hat mir das Geld für den Wagen geschenkt. Vom restlichen Betrag habe ich mir eine Zehnerkarte für den Zumbakurs gekauft.«

Ich grinste und fuhr los.

»Sassi, du hast noch nicht einmal die Hälfte des Paktes erfüllt. Du führst noch lange kein eigenständiges Leben…«, meinte ich.

Einige Minuten schwieg sie.

»Und was ist mit deiner Aufgabe? Dein Ziel ist sicherlich noch nicht einmal in Reichweite!«, konterte sie dann mit geschärfter Zunge.

»Ich fahre geradewegs darauf zu«, grinste ich, als ich vor dem Fitnessstudio parkte und Luca an der Eingangstür warten sah.

Er grinste und winkte mir zu.

Sofort packte mich dieses unaufhaltsame Kribbeln wieder. Ein kalter Schauer lief über meinen Rücken. Reflexartig schüttelte ich mich.

»Was ist denn jetzt los? Hast du Flöhe?«, rief Sassi angewidert und sprang hastig aus Polly.

»Sieht er heute nicht wieder unglaublich gut aus?«, schwärmte ich, als ich Sassi zum Eingang des Studios begleitete.

»Er sieht ganz nett aus…«, nuschelte sie und tippte auf ihrem Smartphone, »von der Bettkante würde ich ihn sicherlich auch nicht stoßen.«

»Ich will ihn ausziehen, zerfleischen und mich auf sein Gesicht setzen...«, schwärmte ich weiter.

»Auf ein zerfleischtes Gesicht? Na dann guten Appetit...«, meinte Sassi.

»Leise jetzt!«, zischte ich, als wir uns Luca näherten. Ich legte ein verführerisches Lächeln auf und fesselte ihn mit meinen Augen.

»Hey, Süßer...«, begrüßte ich ihn lässig und schritt anmutig die Treppen hinauf.

Kurz bevor ich im Studio verschwand, warf ich ihm nochmals einen intensiven Blick zu.

»Na deine Signale sind ja eindeutig«, lachte Sassi und checkte ein, »was machst du eigentlich hier? Ich dachte, du musst zur Tanzschule?«

»Ich nehme den Durchgang hinter der Herrenumkleide«, sagte ich.

Ein paar Schritte hinter Sassi folgte ich ihr. Immer wieder sah ich zur Eingangstür.

»Warum trödelst du denn so?«, fragte Sassi genervt.

»Ich möchte Luca nochmal sehen!«, zischte ich.

»Du kommst noch zu spät zu deinem eigenen Unterricht«, wies Sassi mich zurecht und schloss die Tür der Damenumkleide hinter sich.

Noch einmal blickte ich zum Eingang, doch Luca kam nicht.

Seufzend legte ich nun doch einen Zahn zu, um noch rechtzeitig in die Tanzschule zu kommen.

»Pssst, pssst«, erklang es urplötzlich hinter mir, als ich an der Herrenkabine vorbei eilte. Erschrocken drehte ich mich um. Die Tür der Umkleide öffnete sich einen kleinen Spalt.

»Luca? Wo kommst du denn nun plötzlich her?«,

fragte ich überrascht und grinste, als ich ihn zwischen dem Türspalt hervorlugen sah.

»Lexi, komm schnell her«, flüsterte er und griff nach meiner Hand. Blitzschnell zog er mich in die Kabine und schloss diese wieder.

Ohne ein Wort zu sagen, legte er seine starken Hände um meine Hüften und blickte mir tief in die Augen. Mit einem verschmitzten Grinsen presste er mich gegen die Tür.

Etwas überrumpelt versuchte ich meine steigende Nervosität mit einem Lächeln zu überspielen.

»Du zitterst ja«, grinste Luca und kam näher.

»Ich bin etwas in Eile«, versuchte ich meinen unruhigen Atem zu erklären.

»Aber hierfür hast du doch noch ein paar Minuten...«, meinte Luca verführerisch und drückte seine Lippen auf meine.

Erst ganz sanft, dann wurden seine heißen Küsse wilder und stürmischer.

Nach einem kurzen Zögern ließ ich mich von seiner Leidenschaft hinreißen. In mir glühte alles. Jede einzelne Faser meines Körpers verlangte nach ihm. Ich war so unheimlich scharf auf Luca...

Ungeniert ließ ich es zu, dass seine Hand unter meinem Shirt verschwand. Flink öffnete er meinen BH. Mit dem Finger fuhr er an meiner Wirbelsäule entlang. Ich genoss jede seiner Berührungen auf meiner Haut. Als Luca sich dann hastig vor mich kniete und den Knoten meiner Sporthose öffnete, wurde mir dann doch etwas mulmig zu Mute.

Ich dachte an meine wieder nur halbrasierten Beine, an meine Singleunterwäsche und unsauber lackierten

Fußnägel. Außerdem hieß es »One-Night-Stand« und nicht »Mitten am Vormittag-Stand«!

»*Night = Dunkel!*«, dachte ich. Dies kam mir viel angenehmer und sicherer vor als das grelle Neonlicht in der Kabine.

»Luca, nicht hier…«, hielt ich ihn auf und versuchte gelassen zu wirken.

Fragend blickte er zu mir.

»Heut Abend nach dem Fox? Ein paar Drinks machen mich sicher etwas lockerer…«, schlug ich vor.

»Locker ist gut…«, flüsterte er und biss in mein Ohrläppchen.

»Ich bin um elf da«, lächelte ich.

»Okay...um zehn nach elf gehen wir zu mir…«, grinste Luca und küsste mich.

Ich lachte.

»Bis heute Abend«, verabschiedete ich mich und warf ihm einen letzten, aufreizenden Blick zu.

Ein breites, siegessicheres Grinsen konnte ich mir auf dem Weg in die Tanzschule nicht verkneifen.

Erleichtert atmete ich durch.

Heute Abend sollte es endlich soweit sein. In dieser Nacht würde sich einer meiner sehnlichsten Träume erfüllen!

»Tanya, was machst du denn hier?«, fragte ich irritiert, als ich meiner Freundin im Durchgang zur Tanzschule begegnete.

»Ähhhmm…«, stammelte sie und kratzte sich am Hinterkopf, »trainieren?«

»Trainieren mit wem?«, hakte ich misstrauisch nach. Seit Neuestem verbrachte Tanya auffällig viel Zeit im Fitnessstudio.

»Mit Luca?«, antwortete sie schnell und blickte zu Boden.

»Aha?«, sagte ich und zog meine Augenbrauen nach oben.

»Ach Lexi, jetzt sei nicht so. Du willst ihn doch nur für eine Nacht…«, brach es aus Tanya heraus.

»Hm«, überlegte ich. Tanya hatte Recht. Ich wollte mit Luca nur eine einzige Nacht verbringen. Zu meiner eigenen Überraschung hatte ich auch nach unseren Knutschereien keinerlei Gefühle für ihn entwickelt.

Mein Interesse an ihm war wirklich rein körperlich.

Mein Herz dagegen, schlug für einen anderen…immer kräftiger und immer lauter.

Ich hatte also keinen Grund auf Tanya sauer zu sein.

Ich fragte mich, warum wir uns nicht einen Spielgefährten teilen sollten.

»Also gut…«, sagte ich und verschränkte die Arme vor meiner Brust, »aber komme mir ja nicht in die Quere. Du weißt was ich meine?«

Eindringlich sah ich Tanya in die Augen. Sie grübelte.

»Tanya?!«, sagte ich mit Nachdruck.

»Ja, schon gut Lexi…«, antwortete sie.

»Zum Dank kommst du heute Abend mit mir ins Fox«, rief ich ihr noch hinterher.

»Aber ich…«, wollte Tanya wiedersprechen.

»Keine Widerrede!«, unterbrach ich sie, ohne mich nochmals umzudrehen.

Nach dem Unterricht nahm ich Sassi wieder mit.

Während der Fahrt überredete ich auch sie mühevoll, heute Abend mit mir ins Fox zu gehen. Ich zwang sie sozusagen mit mir auf ihren neuen Job anzustoßen und das mitten in der Woche.

Allmählich begann ich meine Freundinnen zu manipulieren, um meine zahlreichen Ausreden Ben gegenüber aufrechterhalten zu können.

»Oh mein Gott, Ben!«, rief ich urplötzlich und stieg inmitten einer großen Kreuzung in die Bremse.

»Spinnst du?«, rief Sassi und stemmte ihre Hände gegen das Armaturenbrett.

Mit Schrecken stellte ich einen pikanten Fehler zwischen meinen zahlreichen Ausreden und Manipulationen fest.

»Ben er…nichts. Vergiss es…«, seufzte ich.

Die Tatsache, dass Ben mich heute Abend nach Hause bringen wollte, ich aber plante mit Luca dorthin zu verschwinden, behielt ich vorerst für mich.

Niemand sollte erfahren, dass ich Gefühle für Ben entwickelt hatte. Dies hätte alles noch viel komplizierter gemacht.

Ungeduldig setzte ich Sassi ab und raste nach Hause.

Sofort griff ich zum Telefon. Den ganzen Nachmittag über versuchte ich Ben zu erreichen, um ihm erneut eine Ausrede aufzutischen.

Auf keinen Fall durfte er heute Nacht im Fox auftauchen.

Ich wollte ihm erzählen, dass wir unseren Mädelsabend verschoben hatten und ich mit Kopfschmerzen im Bett lag. Zeitgleich wollte ich bei diesem Telefonat sicher gehen, dass er heute Abend bei sich zu Hause war und auch blieb. Doch meine Anrufe blieben unbeantwortet.

Unruhig schrieb ich ihm eine SMS. Ich hoffte, er würde sie lesen und im Fox nicht für eine unangenehme

Überraschung sorgen.

»Puhhh«, atmete ich auf und ließ mich frischgeduscht auf mein Sofa sinken. Während meine Lieblingssoap im TV flimmerte, cremte ich meine glattrasierten Beine ein und lackierte meine Fußnägel.

Für diese Nacht musste alles perfekt sein.

Über zwei Stunden verbrachte ich damit, mir die richtige Frisur auf den Kopf zu zaubern. Ich fönte, glättete und toupierte mein Haar zu einer üppigen Löwenmähne.

Meine Augen schminkte ich etwas kräftiger mit schwarzem Lidschatten.

Dann folgte die wohl schwierigste Aufgabe.

»Was zieh ich nur an?«, fragte ich mich. Hilflos blickte ich in meinen übervollen Kleiderschrank.

Nur ungefähr zehn Minuten später hatte die Klamottenbombe eingeschlagen!

Überall lag Kleidung. Hosen auf dem Bett, Röcke auf dem Boden und über meiner Nachttischlampe.

Ich probierte ein Top nach dem anderen, bis ich zum Schluss das Outfit wählte, welches ich zu Beginn getragen hatte.

»Unterwäsche!«, stellte ich fest und kramte erneut in meinem Schrank.

Der rote Wonderbra mit Spitze sollte es sein. Das passende Unterteil stopfte ich in mein kleines Ausgehtäschchen und streifte mir meinen weniger aufreizenden, gemütlichen Baumwolltanga über.

Erst am späten Abend, nach dem Tanzen wollte ich in das rote Höschen schlüpfen, um es nicht vorab zu verschwitzen.

»Perfekt«, strahlte ich. Zufrieden betrachtete ich

mein schwarzes Minikleidchen, welches ich mit roten Lackpumps kombiniert hatte, im Spiegel.

Schnell schnappte ich mir mein Täschchen und machte mich auf den Weg zu Sassi.

»Oh, welch Glanz in der Golden Ave«, begrüßte sie mich wenig später am Straßenrand.

»Was hast du denn vor?«, fragte Tanya, die ebenfalls schon wartete.

»Ich gehe ins Fox und du? In den Supermarkt?«, spielte ich auf ihre enge, verwaschene Jeans an. »Seit wann gehst du in Jeans tanzen?«

Missmutig zog ich die linke Augenbraue nach oben.

»Weniger ist eben mehr…«, meinte Tanya zynisch.

»Das dachte ich mir heute auch!«, grinste ich frech und zupfte mein kurzes Minikleid zurecht.

»Kann es sein, dass Luca Walsh heute Abend ebenfalls ins Fox kommen wird?«, mischte Sassi sich plötzlich ein.

Sie hatte uns ertappt. Etwas peinlich berührt blickten Tanya und ich uns an und schwiegen.

»Habe ich es mir doch gedacht!«, grinste Sassi. »Ihr wollt beide dem gleichen Typen gefallen. Die eine in hautengen Bluejeans, auf die er so steht, die andere im aufreizenden Kleidchen und komplett überschminkt.«

»Woher weißt du, dass Luca auf Bluejeans steht?«, fragte Tanya irritiert.

»Warum wählst du gerade Luca für dein nächstes Abenteuer aus und krempelst deinen ganzen Style für ihn um?«, fiel ich ihr mit geschärfter Zunge ins Wort.

»Mädels, Mädels….«, versuchte Sassi unsere Sticheleien zu schlichten und stellte sich zwischen uns,

»Tanya, ich habe ein Gespräch zwischen dir und Luca beim Sport mitbekommen. Euer lautes Kichern war nicht zu überhören...«

»Lautes Kichern? Was ist hier eigentlich los?«, fragte ich Tanya verärgert.

Tanya schwieg und biss sich auf die Unterlippe.

»Luca verriet Tanya, wie sehr er auf enge Bluejeans steht und ihr Körper darin sicherlich bombastisch aussehen würde«, klärte Sassi mich auf.

Plötzlich ging mir ein Licht auf. Ich beruhigte mich wieder und atmete tief durch.

»Tanya«, sagte ich mit ernster Stimme und trat ein Stück näher zu ihr, »bist du in Luca verliebt? Ich muss das wissen. Wenn es so ist, dann werde ich sicherlich nicht mit ihm schlafen...«

Angespannt und mit einem wehmütigen Gefühl im Bauch wartete ich auf ihre Antwort.

Zwar ging ich das Risiko ein, dass eine gemeinsame Nacht mit Luca ein unerfüllter Traum bleiben würde, doch für meine beste Freundin nahm ich dies in Kauf. Niemals hätte ich einen One-Night-Stand einer höheren Priorität zugeordnet als wahren Gefühlen.

»Nein...«, antwortete Tanya zögerlich, »ich mag ihn, wir trainieren zusammen...mehr ist da nicht.«

»Gut«, lächelte Sassi, »wollen wir dann?«

»Ja, lasst uns gehen«, sagte ich misstrauisch und blickte Tanya eindringlich in die Augen.

So ganz war ich mit ihrer Antwort nicht zufrieden.

Schließlich würde auch sie mir niemals einen Kerl wegschnappen oder sich irgendwo dazwischendrängen wollen.

Für einen guten Freund, der nur mit ihr zusammen

trainierte, hätte Tanya keinesfalls ihren kompletten Typen geändert. Soviel stand fest.

Im Fox angekommen lockerten wir die etwas angespannte Stimmung mit einem Glas Champagner auf. Nach dem zweiten Drink tanzte Tanya an der Stange und schwang ihre Hüften in alle Richtungen.

Auch Sassi ließ sich von der lauten Musik mitreißen und schlängelte sich anmutig an mir herunter.

Ich brauchte noch ein drittes und viertes Glas, um in ihren Balztanz miteinzusteigen.

Keine Sekunde ließ ich den Eingang der Disco aus den Augen. Suchend spähte ich über die Tanzfläche.

Es war bereits deutlich nach elf. Ungeduldig wartete ich auf Luca und wurde nervöser und nervöser…

»Puh, Leute ich bin betrunken!«, rief Tanya, als sie sich zu uns gesellte. Gutgelaunt überreichte sie uns je ein weiteres Glas Champagner.

»Der DJ ist fantastisch heute«, freute sich Sassi, »was meinst du Lexi?«

»Was?«, fragte ich und drehte mich zu ihr.

»Wo bist du nur mit deinen Gedanken?«, fragte sie und lächelte.

»Ich warte auf L…«, wollte ich antworten, konnte meinen Satz aber nicht zu Ende führen.

»Lucaaaaaa!«, fiel Tanya mir ins Wort und stürmte in Richtung Eingang.

Meine Augen folgten ihr. Wie benebelt blickte ich zu Luca…

Da stand er. Ein wahrer Traum von einem Mann, dessen atemberaubender Auftritt durch einen weißen Hauch aus der Nebelmaschine unterstrichen wurde. Er trug ein weißes, leicht durchsichtiges Hemd unter

118

dem sich seine Brustmuskeln abzeichneten.

Die Enden des Hemdes hatte er lässig in seine dunkelblaue Jeans gesteckt.

Der Lack seiner beigebraunen Schuhe glänzte im Discolicht. Langsam kam er auf mich zu…

Anmutig griff er in sein volles, dunkles Haar…anschließend schenkte er mir einen verführerischen Handkuss. Nicht nur Tanyas stürmische Begrüßung ignorierte er, sondern auch alle anderen Frauen, die auf ihn zusprangen und ihn umschwärmten.

Nur noch wenige Zentimeter trennten uns voneinander. Sanft lächelte er. Er fesselte mich mit seinen tiefbraunen Augen, sein intensiver Blick verlangte nach mehr.

Sacht griff er nach meinen Händen. Ruckartig zog er mich an sich. Vor der uns zujubelnden Meute küsste er mich dann voller Leidenschaft und vergrub seine starken Hände in meinem Haar…

»Lexi, aufwachen!«, riss mich eine mir bekannte Stimme aus meinen Träumen. Vor Schreck zuckte ich zusammen.

In der Realität wieder angekommen, sah ich wie Luca und Tanya sich mitten im Gedränge herzlich begrüßten. Ganz ungezwungen lachten sie miteinander. Die Realität wurde noch viel gemeiner und fieser, als ich bemerkte, *wer* mich aus meinen Fantasien gerissen hatte.

»Lexi, es ist schon fast Mitternacht. Ich sollte euch abholen«, meinte Ben und zeigte ungeduldig auf seine Armbanduhr.

Mir stockte der Atem!

»Ben…was…was machst du hier? Hast du meine SMS

nicht bekommen?«, stammelte ich hypernervös.

»Ich habe mein Handy im Büro vergessen«, erklärte Ben.

Mir wurde heiß und kalt. Panik kam in mir auf. Ich war einer Ohnmacht schon ziemlich nahe, als nun auch noch Luca auf mich zukam.

»Hallo Babe…«, lächelte er und gab mir einen kleinen Kuss auf die Backe.

Ben musterte uns irritiert.

»Hey Sassi. Glückwunsch zum neuen Job!«, begrüßte Luca sie locker.

Hilfesuchend blickte ich zu Sassi. Auch sie und Tanya hatten meine missliche Lage bemerkt, erkannten aber das eigentlich Problem nicht.

Zu diesem Zeitpunkt wusste keine meiner Freundinnen, in was für einer verzwickten Situation ich wirklich steckte.

Links von mir wartete Ben, mein einst bester Kumpel, der sich unsterblich in mich verliebt hatte und bereits Hoffnungen schöpfte. Rechts stand Luca, dem ich am liebsten sofort die Klamotten vom Leibe gerissen hätte.

»Gehen wir?«, rief Luca in mein Ohr. Als er lässig seinen Arm um meine Schultern legte, konnte ich Ben vor Wut schnauben hören.

»Eigentlich wollte ich sie gerade nach Hause bringen!«, hielt Ben seinen Rivalen eindringlich auf und trat einen Schritt auf ihn zu.

»Danke Ben, Lexi hat bereits eine Mitfahrgelegenheit...«, sagte Luca mit leichter Arroganz in der Stimme und grinste siegessicher. Er hatte Bens innere Unruhe bemerkt. Sacht drängte er mich zum Gehen und nahm mir meine Handtasche ab.

»Ist das wirklich dein Ernst, Lexi?«, rief Ben verärgert.

Irritiert schritten Sassi und Tanya einen kleinen Schritt zurück. Wortlos beobachteten sie den Zweikampf.

Aufgewühlt und völlig verunsichert blickte ich erst zu Ben, dann zu Luca, der mit dem Kopf in Richtung Ausgang nickte.

»Wie wäre es, wenn Lexi nun einfach mit uns nach Hause geht?«, schritt Sassi ein.

»Nein…«, sagte ich und wehrte ihren liebgemeinten Versuch, mich aus meiner Zwickmühle zu befreien, dankend ab.

Meine Worte fielen mir nicht leicht, doch meine Entscheidung stand bereits fest.

»Ich gehe mit Luca…«, sagte ich entschlossen und blickte Ben eindringlich in die Augen.

Perplex stand er vor mir. Luca grinste zufrieden.

»Autsch…«, sagte Tanya, als sie Bens Enttäuschung bemerkte.

»Alles klar, Lexi…«, zischte Ben und kochte vor Wut. Energisch streifte er seine Jacke über und kramte seinen Autoschlüssel aus der Hosentasche. Verärgert blickte er mir dabei in die Augen.

Ohne noch ein weiteres Wort zu sagen, drehte er sich um und eilte mit forschen Schritten aus der Disco.

»Was hat denn den geritten?«, fragte Tanya irritiert und sah Ben hinterher.

Ich zuckte mit den Schultern.

»Lass uns gehen…«, meinte ich zu Luca und lächelte.

»Bist du bereit?«, grinste er.

»Aber sowas von…«, bestätigte ich.

Nur noch wenige Minuten trennten mich von meinem Traum. Gleich würde ich mit Luca Walsh, dem Mann meiner geheimsten Fantasien, schlafen!

Ich hatte weiche Knie, zu meiner Vorfreude gesellte sich eine dicke, fette Portion Nervosität. Mein schlechtes Gewissen gegenüber Ben versuchte ich zu ignorieren.

»Lass uns zu mir gehen...«, meinte Luca, als wir die Golden Ave entlang gingen, »du hast unser Haus noch gar nicht gesehen. Keine Angst, wir sind allein.«

Ich zögerte. Etwas Heimvorteil wäre mir angenehmer gewesen, doch meine Neugier siegte. Vielleicht war dies meine einzige Chance, Lucas Schlafzimmer zu sehen oder jemals in seinem Bett zu liegen.

Charmant öffnete er mir die Tür des kleinen Hauses und bat mich herein.

Er nahm mir meine Jacke ab und begleitete mich in die hochwertig ausgestattete Küche.

Angespannt lehnte ich mich gegen die marmorierte Küchenplatte. Luca füllte zwei Gläser mit Rum und einem Softdrink. Lässig gab er ein paar Eiswürfel dazu. Immer wieder schenkte er mir einen verführerischen Blick. Schon Lucas bloße Anwesenheit brachte mich fast um den Verstand.

Bei einfach allem was er tat, sah er so unglaublich gut aus.

Er reichte mir ein Glas.

»Lass uns anstoßen...«, forderte er mich leise auf und presste sein Becken gegen meines.

Ein heftiger, aber angenehmer Adrenalinstoß schoss durch meine Körpermitte.

»Du zitterst ja schon wieder...«, flüsterte Luca. Er

lächelte.

»Gehen wir auf den Balkon«, sagte er und griff zart nach meiner Hand.

Ich folgte ihm.

Luca nutzte meine Unsicherheit nicht aus. Fast gar liebenswürdig versuchte er mir meine Nervosität zu nehmen und es funktionierte...

Eine ganze Weile saßen wir auf dem Balkon und quatschten über Gott und die Welt.

Möglicherweise lag es auch an dem starken Rum in Lucas Mixgetränk, dass ich mich mehr und mehr entspannte.

Als er mir dann tief in die Augen sah, ergriff ich die Initiative und küsste ihn. Ganz lang, ganz zärtlich...

Ohne von meinen Lippen abzulassen drängte Luca mich sanft zurück ins Wohnzimmer. Ich stockte.

Bei dem Gedanken, in nur wenigen Minuten komplett nackt vor ihm zu stehen, wurde mir nun doch etwas mulmig zu Mute. Mir fehlten die *Zwischenschritte*, die einzelnen Stufen der Zärtlichkeit, die allmählich zum Sex führten.

Doch war nicht genau das der Sinn eines One-Night-Stands? Die Stufen von eins bis neun auszulassen und gleich bei zehn einzusteigen?

Fragen, die mir nun zu spät durch den Kopf schossen...

»Alles okay?«, erkundigte sich Luca fürsorglich.

»Ja, natürlich«, lächelte ich und versuchte meine Verlegenheit zu überspielen.

Er legte etwas Musik auf, die leise auch aus allen Räumen des oberen Stockwerkes erklang. Er bot mir Pralinen an und füllte mein Glas auf.

So charmant und höflich hatte ich mir den Beginn eines geplanten One-Night-Stands gar nicht vorgestellt.

Ich war davon ausgegangen, dass unsere wilde Knutscherei ohne Unterbrechung in hemmungslosen Sex übergehen würde.

Doch für Luca stand der eigentliche Akt vorerst an zweiter Stelle. Er sorgte dafür, dass ich mich wohlfühlte und gab mir Sicherheit.

Mit ihm hatte ich für mein Vorhaben einen wahren Glückstreffer gelandet – oder er den richtigen Rum aus der Hausbar genommen…

Allmählich tauschten meine Nervosität und mein wiedererwachtes Verlangen nach Luca die Plätze. Plötzlich wirkte ich viel hemmungsloser und gelassener.

Luca hatte noch immer nicht den richtigen Song für uns gefunden und durchforstete seine Playlist.

Ich wurde mutiger. Alles kribbelte in mir, als ich meine Fingerspitzen an sein Kinn legte und seinen Mund zu meinem führte. Schnell ließ ich meine heißen Küsse fordernder und intensiver werden.

»Kommst du mit?«, fragte er dann endlich. Ich nickte. Auch er wurde nun direkter. Er griff nach meiner Hand und führte mich in das obere Stockwerk.

»*Es geht los! Jetzt oder nie, Lexi*«, sprach ich mir in Gedanken Mut zu.

Gespannt folgte ich Luca nach oben.

»Das ist mein Reich«, sagte er, »hier ist das Badezimmer, dort ein kleines Wohnzimmer und hier…das Schlafzimmer.«

Wir blickten uns in die Augen und grinsten.

»*Mein Schlüpfer!*«, schoss es mir plötzlich durch den Kopf.

»Warte noch kurz«, schreckte ich auf und verschwand blitzschnell im Badezimmer. Fast wäre ich in meinem schäbigen Baumwolltanga mit Grinsegesicht auf der Rückseite vor Luca gestanden.

»*Oh nein, nein, nein!*«, fluchte ich in Gedanken. Der Stoff meiner gemütlichen Singleunterwäsche war um einiges dicker als die rote Spitze und passte nicht in meine kleine Ausgehtasche.

Eine andere Lösung musste her. Hektisch blickte ich mich in Lucas Badezimmer um.

»*Mist! Ein typisches Männer-Bad*«, schimpfte ich, ohne meine Worte auszusprechen. Nirgendwo stand ein kleines Schächtelchen, eine Blumenvase oder sonst etwas, worin ich meinen Baumwolltanga verstecken konnte.

»*Aha!*«, freute ich mich.

Ich hatte doch noch eine kleine Lücke für meinen Liebestöter gefunden. Schnell stopfte ich meinen Tanga in die Pappkartonrolle des Toilettenpapiers, das auf dem Spülkasten stand.

Zufrieden streifte ich mir das rote Spitzenhöschen über und zog mein schwarzes Minikleid zurecht.

Schnell schnupperte ich noch an meinen Achselhöhlen. Zu Hause hatte ich vergeblich versucht mein Deodorant in mein kleines Täschchen zu quetschen.

Demnach musste nun ein kleiner Klecks Flüssigseife auf einem angefeuchteten Stück Toilettenpapier für die nötige Frische sorgen.

Nach einem kurzen, prüfenden Blick in den Spiegel öffnete ich dann die Badezimmertür.

Ich war bereit! Bereit für Luca! Bereit für Sex mit Luca! Bereit für meinen ersten One-Night-Stand! Aufreizend lächelte ich ihn an. Ohne zu zögern begannen wir wild miteinander zu knutschen.

Luca packte mich und trug mich in sein Schlafzimmer. Mit dem Ellenbogen knipste er das grelle Licht im Zimmer aus. Gekonnt griff er nach der kleinen Fernbedienung auf seinem Nachttisch und dimmte die indirekte Beleuchtung hinter dem Kopfteil seines Bettes. Er drehte die Musik etwas lauter.

Ich schlang meine Beine um seine Hüften.

Er presste mich mit dem Rücken gegen die Wand und küsste mich stürmisch.

»Oh ja, das mag ich…«, dachte ich und grinste in mich hinein, *»mach weiter…«*

Luca setzte mich ab, blickte mir tief in die Augen und griff an den Saum meines Kleides. Hastig zog er den engen Stoff über meinen Hintern.

Ungeduldig öffnete er den Reißverschluss am Rücken des Kleides. Ich hob meine Arme an.

In Sekundenschnelle stand ich dann in meiner roten Unterwäsche vor Luca.

Flink ließ er seinen gierigen Blick über meinen fast hüllenlosen Körper huschen. Sein Atem wurde schneller.

»Du hast eine wahnsinnig tolle Figur«, flüsterte er. Wieder attackierten wir uns gegenseitig mit leidenschaftlichen Küssen.

»Luca Walsh findet meinen Körper toll! Ahhhhhh…«, jubelte ich in Gedanken.

Innerlich feierte ich mit meinem lautstark singenden Engelschor eine riesen Party.

Luca heizte mich immer weiter an.

Seine Hände waren überall, ich konnte seinen heißen Atem auf meiner Haut spüren.

Mit einem kurzen, geschickten Handgriff öffnete er meinen BH und drängte mich auf sein Bett.

Auf dem Rücken liegend tastete ich nach der Bettdecke, um meine zu kleinen Brüste zu verdecken.

»Du brauchst dich nicht verstecken, du bist wunderschön…«, hauchte Luca zart in mein Ohr, als er mein Vorhaben bemerkte.

Ich lächelte. Seine Worte bestärkten mich und gaben mir vielleicht eine kleine Menge zu viel Selbstbewusstsein, welches mich nach und nach meine Hemmungen verlieren ließ.

Wild knutschten wir weiter.

»Wow…kann der küssen. Ich will mehr davon!«

Luca wich zurück, grinste, küsste mich und wich nochmals ein kleines Stück zurück.

Ich verstand sein Spiel, stützte mich unter ihm auf meinen Ellenbogen ab und folgte seinen Lippen.

Wie ein lang eingeübtes Paar wechselten wir blitzschnell unsere Position auf der Matratze.

Nun war ich oben.

Etwas planlos blickte er mir in die Augen. Was wiederum mich irritierte.

Irgendetwas hatte ihn für einen kurzen Moment aus dem Konzept gebracht.

»Was ist? Mach doch bitte weiter…«, flehte ich innerlich.

Zögernd legte er seine Hände auf meine Hüften, stockte kurz und küsste meinen Hals. Dann wich er abermals zurück.

»Lexi, warte einen kleinen Moment…«, hielt er mich auf und zögerte.

»Was hast du denn? Habe ich etwas falsch gemacht?«, fragte ich verunsichert.

»Nein…sicher nicht…es ist nur…da tut sich nichts!«, erklärte Luca und blickte nach unten.

»Der Alkohol…«, meinte er und zuckte mit den Schultern.

Niemals hätte Luca Walsh zugegeben, dass auch er mit seiner Nervosität zu kämpfen hatte und schob den Alkohol vor. Dass er nach nur zwei Schlückchen Rum mit Potenzproblemen zu kämpfen hatte, war eine äußerst schlechte Ausrede, welche ich keineswegs gelten ließ…

Verschmitzt grinste ich und zog nun doch die Decke über uns.

Ich warf ihm einen verführerischen Blick zu, küsste ihn von der Brust abwärts nach unten und verschwand langsam unter der Bettdecke.

Er hob sein Becken etwas an, ich griff an den Bund seiner Boxershort.

Dumpf drang der Bass der Musik zu mir unter die Federdecke.

Lucas Brustkorb begann sich kraftvoll zu heben und zu senken. Sein Atem wurde schwerer und seine Muskeln spannten sich an.

Er gab ein leises Stöhnen von sich.

»Na also…funktioniert doch alles…«, lobte ich mich in Gedanken.

Mit kleinen Schweißperlen auf der Stirn kroch ich wieder nach oben.

»Warum hörst du auf? Mach bitte weiter Lexi«,

keuchte Luca und schob meinen Kopf zurück unter die Decke.

»Ganz sicher nicht! Ich will schließlich auch etwas davon haben…«, schmunzelte ich in mich hinein.

Um ja nicht zu kurz zu kommen behauptete ich, mir wäre schwindelig geworden und legte mich erwartungsvoll neben ihn. In mir kribbelte alles, nervös tippelte ich mit den Fußspitzen auf der Matratze.

»Ich kann es kaum noch erwarten, gleich ist es soweit. Ich werde mit Luca Walsh schlafen!«

Meine innerliche Vorfreude und Ungeduld überschlugen sich. Wie oft hatte ich von diesem Moment geträumt und mir diesen Augenblick herbeigesehnt. Nun war es endlich soweit!

Luca drehte sich langsam zu mir. Mit seinem Handrücken strich er mir zart über die Wange und beugte sich über mich.

»Tu es Luca! Mach schon!«

Mein Verlangen nach ihm war kaum mehr zu bändigen. Und dann tat er es…

Meine Fingernägel gruben sich in seinen Nacken. Gierig griff ich an seinen Hintern und presste sein Becken noch fester an meines. Einen kurzen Augenblick verweilten wir in dieser Position.

Für den ersten Moment fühlte sich alles richtig an. Luca begann sich langsam in mir zu bewegen.

»Hmm…für den Anfang nicht schlecht, aber geht das auch einen winzig kleinen Tick schneller?«

Als hätte Luca meine Gedanken lesen können, bewegte er seine Hüften nun etwas kraftvoller.

»Naja, also den Rhythmus hat er nicht gerade erfunden…«, begann ich in Gedanken zu zweifeln.

Lucas unkoordinierte Stöße wandelten sich zu einem taktlosen Stochern.

»Hallo, wo sind wir hier? Auf einer Stocherkanausfahrt auf Speed? Etwas mehr Gefühl bitte...«

Mein Traum von richtig gutem Sex mit Luca drohte zu zerplatzen. Doch noch wollte ich nicht aufgeben und versuchte die Kontrolle zu übernehmen.

Ich fasste um seine Hüften und drosselte sein Tempo. Etwas irritiert blickte Luca auf mich herab.

»Alles gut«, grinste ich.

»Ich zeige dir nur wie das richtig geht...«

Ich griff etwas fester zu, bewegte mich im Takt der Musik und steuerte unseren Rhythmus. Etwas langsamer und mit mehr Gefühl.

Es schien zu funktionieren. Allmählich passte sich Luca meinen Bewegungen an.

»Oh wow Lexi, du bist der Wahnsinn«, stöhnte er und verlor abermals die Kontrolle über sich.

Angestrengt kniff er seine Augen zusammen. Mit verkrampftem Gesicht stieß er immer schneller und schneller zu, bis das Ganze in eine Art »Wippen« überging.

»Oh nein, der Kaninchenmodus...«, dachte ich und seufzte leise.

Frustriert drehte ich meinen Kopf zur Seite und rollte unbemerkt mit den Augen.

Wie ein angeschossener Hase auf der Flucht hoppelte Luca auf mir herum. So etwas hatte ich wirklich noch niemals zuvor erlebt!

»Oh ja, ja Lexi mir kommt es!«, stöhne er und legte nochmals an Tempo zu.

Ich krallte mich am Bettlaken fest um nicht wie eine

Rakete aus dem Bett zu schießen...

»Mir kommt es? Hat er das gerade wirklich gesagt?
Das sage ich höchstens wenn ich kotzen muss!«
Zumindest fand unser irrer Ritt somit bald ein Ende.
»Nein, nein Moment...doch nicht!«, konzentrierte
sich Luca und hoppelte weiter.

»Oh nein...bitte nicht...«
Wieder musste ich die Kontrolle übernehmen, um
dieses Desaster schleunigst zu beenden.

Es gab genau zwei Möglichkeiten, die für meine Rettung zur Auswahl standen. Entweder spielte ich ihm
einen kurzen, intensiven Orgasmus vor oder erfand
spontane Magenkrämpfe.

Um sein Ego nicht allzu sehr anzukratzen, entschied
ich mich für die erste Variante.

»Na dann mal los...«, bestärkte ich mich in Gedanken
und stieß einen kleinen, enttäuschten Seufzer aus.

Ein zweiter, etwas längerer Seufzer folgte.

Dann gab ich ein leises Stöhnen von mir.

»Ohh, Luca«, hauchte ich in sein Ohr, doch es klang
noch zu sehr gekünstelt.

Ich stellte meine schauspielerischen Fähigkeiten erneut auf die Probe und wagte einen zweiten Versuch.

»Ohhh jaaa Lucaaa...«, stöhnte ich nun in voller Lautstärke, schloss meine Augen und krallte mich an seinen Schultern fest.

Luca gab sein Bestes. Ohne den kleinsten Hauch von
Rhythmusgefühl hoppelte, wippte und stocherte er in
Überschallgeschwindigkeit weiter. Zwischendurch
baute er nun auch noch kleine Hüpfer in seiner Darbietung ein.

Es tat mir ja wirklich leid, doch ein breites Grinsen

konnte ich mir einfach nicht länger verkneifen.

»Warum lachst du?«, keuchte er, ohne sein Tempo zu drosseln.

»Ich lache immer wenn ich komme«, behauptete ich schnell.

Ich zog seinen Oberkörper dichter an mich und blickte über seine Schulter. So musste ich nicht auch noch auf meine Mimik achten, welche nun ganz und gar nicht mehr zu den Tönen passte, die ich von mir gab. Mit einem lauten Stöhnen läutete ich gekonnt das Finale ein und räkelte mich unter ihm.

»Ja, Luca!«, keuchte ich in sein Ohr. Wie auf Knopfdruck ließ ich meinen Atem schneller werden. Ruckartig spannte ich alle Muskeln im unteren Bereich meines Körpers an. Konzentriert hielt ich die Spannung und schlang meine Arme fest um seinen Nacken.

Ich ließ meinen Körper kurz zusammenzucken und zählte bis fünf.

Zufrieden seufzte ich dann vor mich hin. Stück für Stück lockerte ich meine Muskeln.

»*Anspannen, entspannen, anspannen, entspannen…*«, zählte ich in Gedanken mit.

Völlig losgelöst und in der Annahme mir einen unglaublichen Orgasmus beschert zu haben, legte sich Luca neben mich.

»Das war der Wahnsinn«, grinste Luca und atmete schwer.

»Oh ja…das war es«, sagte ich mit einem Hauch von Ironie in meiner Stimme und zwang mich zu einem Lächeln.

Dies war definitiv der erste und letzte One-Night-

Stand in meinem Leben. Soviel stand für mich fest.
Ich gab Luca keinerlei Schuld am Misslingen unserer
gemeinsamen Nacht.

Für mich wurde meine Behauptung, dass Sex mit
einem neuen oder fast unbekannten Partner beim
ersten Mal einfach nicht funktionieren konnte, nur
bestätigt.

Auf dem Weg in Lucas Badezimmer ergriff mich dennoch ein unaufhaltsames Glücksgefühl. Schließlich
war ich die Auserwählte, die in jener Nacht mit dem
begehrten Luca Walsh geschlafen hatte.

Ein stolzes Lächeln huschte über meine Lippen, als ich
an Lucas unzählige Verehrerinnen dachte, die nur
allzu gern mit mir getauscht hätten.

Schnell wickelte ich ungefähr zwei Meter Klopapier
von der Rolle und warf sie in die Toilette.

Kaum hörbar erleichterte ich mich dann.

»Lexi! Benutze nicht allzu viel Toilettenpapier«, rief
Luca durch die geschlossene Badezimmertür, »die
Spülung ist ziemlich schwach und muss repariert
werden.«

Mit großen Augen saß ich auf der Toilette und regte
mich nicht. Vor Schreck brachte ich kein einziges
Wort heraus und machte mich auf die nächste Katastrophe in dieser Nacht gefasst.

Ich erhob mich. Hilflos blickte ich auf den gelbgefärb-
ten Toilettenpapierberg, der langsam im stehenden
Wasser versickerte.

»Shit!«, fluchte ich in voller Lautstärke.

»Na zum Glück nicht…«

Verzweifelt vergrub ich mein Gesicht in meinen Händen.

Kurz überlegte ich, einfach die Spülung zu drücken und auf ein Wunder zu hoffen.

»Hast du etwas gesagt, Lexi?«, rief Luca.

»Nein…ich meine ja. Ob ich deine Dusche benutzen dürfte?«, fragte ich, um mir Zeit für die Lösung meines Problems zu verschaffen.

»Aber natürlich«, antwortete Luca.

Ich drehte das Wasser in der Dusche auf und durchsuchte die Schränke nach irgendetwas Hilfreichem. Nichts außer ein kleines Gästehandtuch war zu finden.

Nun musste ich kreativ werden und zwar auf schnellstem Wege!

Ich legte das kleine Handtuch über den durchnässten, gelben Papierberg in die Toilette.

Angeekelt und beschämt zu gleich versuchte ich das Handtuch unter den Brei zu drücken.

»Ich glaube es einfach nicht. Ich sitze in Luca Walshs Badezimmer und stecke meine Hand in seine Toilette. Unfassbar in welche Situationen ich mich immer wieder bringe!«, schimpfte ich leise und rümpfte die Nase.

Mit den Fingerspitzen hob ich das gefüllte Handtuch an und versuchte es als eine Art Sieb zu benutzen. Schnell warf ich den triefenden Haufen in die Dusche. Der heiße Wasserstrahl löste das restliche Papier auf und spülte es den Abfluss hinunter.

Mehr als erleichtert atmete ich auf und drückte die Toilettenspülung.

Keine Sekunde später erklang ein dumpfes Brodeln aus den Tiefen des Abwasserrohres. Nervös tippelte ich vor der Toilette hin und her. Flehend schickte ich ein Stoßgebet in den Himmel, welches dort aber leider nicht ankam.

Hilflos sah ich zu wie sich die Toilettenschüssel langsam füllte…und füllte…und füllte…und füllte.

Mit einem spitzen, lauten Schrei wich ich dem überschwappenden Wasser aus. Hastig griff ich nach dem blauen Badetuch, welches an der Duschkabine hing. Hektisch warf ich es über die gefluteten Fliesen. Mit dem Fuß versuchte ich das faulig riechende Toilettenwasser aufzuwischen.

»Luca!«, rief ich verzweifelt und entriegelte die Tür. Ich hatte keine andere Möglichkeit und musste ihn um Hilfe bitten.

Zwar lief das Wasser nun nicht mehr über, stand aber bis zum Rand in der Toilette.

Erschrocken stürmte Luca ins Badezimmer und warf einen kurzen Blick auf das Desaster.

»Ich hole einen Pümpel!«, rief er und eilte in den Keller.

In Sekundenschnelle war er zurück und versuchte die Verstopfung zu lösen.

Er pumpte zweimal und zog den Pümpel aus der Toilette.

Ein weiteres Brodeln erklang aus den Tiefen der Rohre. Angespannt wichen wir einen Schritt zurück und gingen in Deckung. Kurz bevor sich die inzwischen bräunlich gefärbte Brühe langsam zurückzog, tauchte ein fröhlich lächelndes Grinsegesicht unter der Wasseroberfläche auf.

»Was ist das denn?«, fragte Luca und kniff die Augen zusammen.

»Ähm, keine Ahnung?!«, stammelte ich unschuldig

und starrte auf meinen Baumwolltanga, den ich wohl ausversehen mit in die Toilette geworfen hatte.

Auch wenn ich somit eines meiner besten Stücke verlor, fiel mir ein Gebirge vom Herzen, als mein Schlüpfer vom Schlund des Abwasserohres in die Tiefe gezogen wurde.

Die Verstopfung und deren eigentlicher Verursacher waren somit beseitigt.

»Ich bringe den Pümpel zurück in den Keller«, meinte Luca angewidert.

»Warte. Ich komme mit und bringe das blaue Handtuch in die Waschküche«, sagte ich, wrang den nassen Stoffhaufen in der Dusche aus und folgte ihm.

»Das ist kein Handtuch, das ist mein Bademantel«, erklärte Luca verärgert. Missmutig zog er die Augenbrauen nach oben und sprang die Treppe hinab.

Sein entnervtes Seufzen war nicht zu überhören.

Ich dachte an Ben, niemals hätte er so gereizt reagiert oder mir solch eine abweisende Haltung entgegen gebracht.

Er hätte mir ebenfalls geholfen und mit mir über das Missgeschick gelacht. Am nächsten Morgen wären wir einen neuen Bademantel kaufen gegangen. Dies hätte vermutlich in einer achtstündigen, spaßigen Shoppingtour geendet.

Doch Luca war anders – er war nicht Ben.

Luca war nur ein ziemlich misslungener One-Night-Stand. Ein erhofftes Abenteuer, welches ich gegen meinen besten Freund eingetauscht hatte.

Als ich zu dieser Erkenntnis kam, rollten mir Tränen über die Wange.

»Was ist denn jetzt schon wieder?«, fluchte Luca.

»Es tut mir leid...«, wollte ich mich für meine Tollpat-schigkeit entschuldigen.

»Davon kann ich mir auch nichts kaufen. Besorge mir lieber einen neuen Bademantel!«, fauchte er.

Groll kam in mir auf. Vor Wut und Enttäuschung über mich selbst, konnte ich mich nicht länger zurückhalten.

»Dann verlange ich von dir eine Handtasche! Schließlich wurde meine nur zerstört, weil ich den Hund von *deinem* Grundstück verjagt habe!«, ging ich zum Gegenangriff über.

Ohne ein weiteres Wort eilte ich aufgebracht aus dem Haus.

Es war bereits sieben Uhr morgens.

Mit verstrubbeltem Haar und Augenringen trottete ich schniefend am Straßenrand entlang. Ich war müde, enttäuscht und mit den Nerven komplett am Ende.

Schon jetzt bereute ich es bitterlich, Ben so kühl vor den Kopf gestoßen zu haben.

Das einzig Gute an diesem frischen Morgen war, dass ich keinen Fitnesskurs geben oder in der Tanzschule unterrichten musste. So schnell wie nur möglich wollte ich nach Hause und mich in meinem Bett verkriechen.

Ein schwarzer Sportwagen bog in die Golden Ave ein und fuhr auf mich zu.

Es war Ben, der auf dem Weg in sein Büro war.

Sofort zog sich meine Magengrube unangenehm zusammen. Ein unschönes Schuldgefühl ergriff mich und ließ mich beschämt zu Boden blicken.

Ohne meinen Kopf zu heben, spähte ich zur Straße,

als Ben im Schritttempo an mir vorbei fuhr.

Er warf mir einen eindringlichen, verärgerten Blick zu.

Es war ihm deutlich anzusehen, wie enttäuscht er von mir war.

Einsichtig blieb ich stehen, biss mir auf die Unterlippe und sah ihm in die Augen.

»Ben«, rief ich, »warte...«

Ich wollte ihm alles erzählen. Ihm von unserem verdammten Pakt berichten. Ihm erklären, dass Luca nicht mehr als ein geplanter One-Night-Stand war, mich die Neugier dazu getrieben hatte und wie leid mir alles tat.

Doch Ben hielt nicht an. Er ignorierte mein Rufen, konzentrierte sich wieder auf die Straße und fuhr davon.

»Ben...«, rief ich mit zitternder Stimme. Bitterliche Tränen rollten über meine Wangen.

Im Laufschritt eilte ich nach Hause...

Hastig sprang ich die Stufen zu meiner Wohnung hinauf und knallte die Tür hinter mir zu.

Ich schmiss meine verschwitzten Klamotten in die leere Badewanne, stützte mich auf den weißen Armaturen des Waschbeckens ab und blickte in den Spiegel.

»Was hast du nur getan?«, fragte ich mein Spiegelbild.

Als mir das Ausmaß meiner Liaison mit Luca bewusst wurde, sank ich vor dem Waschbecken zu Boden und ließ meinen Tränen freien Lauf.

Ich hatte meinen besten Freund verloren, womöglich die Liebe meines Lebens aufs Spiel gesetzt.

Weinend trottete ich in mein Schlafzimmer, streifte

mir einen wärmenden, langen Pullover über und ließ die Jalousien hinunter.

Für den Rest des Tages verkroch ich mich in meinem Bett, zog mir die Decke bis zur Nasenspitze und floh vor der Realität...

Kapitel 8

Wenn die Welt still steht
(Oder: Wozu uns Liebeskummer fähig macht)

Ein weiterer Vorteil meiner vergangenen, eher ober-
flächlichen Beziehungen war, dass ich mit Liebeskummer bisher nicht sonderlich viel zu tun hatte.
Doch nun steckte ich mitten drin. Zum allerersten
Mal in meinem Leben ergriff mich der unbarmherzige
Sog des Herzschmerzes.
Unerbittlich zwang er mich in die Knie, ließ mich nicht
schlafen oder gar essen.
Genau genommen war mein Liebeskummer eine
wunderbare Diät. Dies war aber auch der einzige,
positive Nebeneffekt meiner emotionalen Krise.
Ich bezeichnete meine Situation als eine Art »Stopp«
in meinem Leben. Irgendwer hatte auf die Pausetaste
gedrückt und hielt mich in meinem Tief gefangen.
Stunden, Tage und Wochen...
Alles drehte sich nur noch um eine Person. Um die,
die ich verloren hatte.
Die frühen Morgenstunden waren die schlimmsten,
oder die, in denen ich keine Ablenkung hatte.
Nichts machte mehr Spaß oder ergab einen Sinn für
mich...
Acht Wochen waren bereits vergangen. Zwei lange,
zähe Monate, in denen sich Ben nicht gemeldet hatte.
Jeden meiner unzählig vielen Anrufe hatte er ignoriert. Er reagierte auf keine SMS oder E-Mail von mir.

Ich überhäufte ihn mit Entschuldigungen, bettelte um eine Aussprache, doch nichts geschah.

Meine Welt stand still.

Auch von meinen Freundinnen schottete ich mich so gut es nur ging ab. Ich meldete mich nur gelegentlich bei ihnen, schickte kurze SMS, in welchen ich meinen Kummer verleugnete und behauptete, dass es mir gut ginge. Wollten sie mich besuchen, bat ich sie darum, mir noch etwas Zeit zu geben. Wehmütig willigten sie ein, versprachen mir aber, jeder Zeit für mich da zu sein. Natürlich wussten sie, wie verzweifelt ich war. Auch ahnten sie, dass ich mich in meiner Wohnung verkroch und jedes Zimmer abdunkelte. In meine alte Jogginghose gehüllt, gab ich mich dann meiner Trauer hin.

Doch Eines verriet mir mein Schmerz:

Ich liebte Ben, ich liebte ihn von ganzem Herzen...

Wieder ergriff mich dieses herzzerreißende, wehmütige Gefühl, das mich verzweifeln ließ. Weinend sank ich auf mein Sofa und wusste keinen Ausweg.

»Ben...«, schluchzte ich und blickte auf mein Smartphone, »bitte melde dich doch...«

Auch an diesem, sowie am nächsten Abend schlief ich tränenüberflutet ein.

Die neunte Woche ging vorüber.

Sieben Kilo hatte ich bereits abgenommen...noch immer hatte ich keine Lust, am Leben außerhalb meiner Wohnung teilzunehmen. Ich verließ diese nur, um auf schnellstem Wege ein paar Dinge einzukaufen oder zur Arbeit zu gehen.

Mühsam schleppte ich mich auch an diesem trüben Morgen in die Tanzschule, welche ich nur noch durch den Hintereingang betrat. Zu groß war meine Angst Luca auf dem Parkplatz zu begegnen.

Angespannt schlich ich mich in das Gebäude.

Schnell verschwand ich in der Umkleide, schlüpfte in meine Tanzklamotten und band mein Haar zusammen.

Allein betrat ich das helle Parkett des lichtdurchfluteten Tanzsaals.

Ich stellte mich vor die übergroße Spiegelwand und betrachtete meinen Körper. Ich wirkte ausgezehrt und schmächtig. Mein eigentlich hautenger Body, flatterte um meine Hüften. Die Trainingshose wurde von dem, was von meinem Hintern noch übrig war, gerade noch so gehalten.

»So kann es nicht weitergehen…«, flüsterte ich und seufzte.

Es fiel mir schwerer denn je die Choreographie für meinen Unterricht vorzubereiten. Musik war eine wahre Folter für meine Seele. Sie verstärkte meine Emotionen und zerriss mich innerlich.

Außerdem konnte ich mich kaum konzentrieren, was nicht zuletzt an meiner Kummerdiät der letzten Wochen lag.

Jeder einzelne Tanzschritt misslang mir, die Drehungen saßen nicht.

Es widerstrebte mir, doch ich machte die Musik noch etwas lauter, um den Takt besser fühlen zu können. Wieder spannte ich meinen Körper an, blickte konzentriert in den Spiegel und begann von vorne.

Doch schon nach der zweiten Drehung verlor ich erneut das Gleichgewicht und fiel zu Boden.

»Ach, das bringt doch nichts…«, fluchte ich, stand auf

und wechselte die CD.

Anstatt am Moderndance zu verzweifeln, versuchte ich es nun mit Hip Hop – meiner Paradedisziplin.

Ich drehte die Anlage auf. Der dumpfe Bass, ließ die Lautsprecherboxen pulsieren.

Wieder trat ich vor die Spiegelwand und dehnte meinen Nacken. Allmählich weckte der schnelle Rhythmus meine Motivation. Zum ersten Mal nach all den eintönigen Wochen verspürte ich Lust. Lust auf das Tanzen!

Verhalten begann ich mich zu bewegen und setzte ein paar Tanzschritte aneinander.

Ich fixierte meinen Blick im Spiegel und ließ meine Bewegungen präzisier und kraftvoller werden.

Nun saß jeder Schritt perfekt!

Ich ließ mich von der lauten, dröhnenden Musik mitreißen und tanzte!

Ich tanzte mich frei! Immer schneller und wilder sprang ich über das Parkett.

Dabei ließ ich meinen Emotionen freien Lauf. Ich weinte und tanzte, wurde wütend und schrie.

Komplett verschwitzt startete ich den Song erneut und begann meine Choreographie von vorn.

Über zwei Stunden verausgabte ich mich und versuchte meinem Kummer zu entkommen.

Es tat gut, ich fühlte mich befreiter und ruhiger.

Doch plötzlich ergriff mich ein kleiner Hauch von Schwindel, der mich zu einer Pause zwang.

»Nanu? Was ist denn jetzt los?«, wunderte ich mich und drehte die Musik leiser.

Völlig außer Atem öffnete ich meine Sporttasche und suchte nach der Wasserflasche.

»Mist«, fluchte ich, als ich diese nicht finden konnte.
Ein flaues Gefühl breitete sich in meinem Magen aus,
mir wurde leicht übel. Ich brauchte unbedingt etwas
zu trinken!

Mir blieb nichts anderes übrig, als ins Fitnessstudio zu
gehen und mir bei Mike an der Theke ein Glas Wasser
zu holen.

Meine Hände begannen zu zittern, als ich den Durchgang zum Studio durchquerte.

Kleine Sternchen tanzten vor meinen Augen und ich
begann zu taumeln.

Mit kalten Schweißtropfen auf der Stirn erreichte ich
gerade noch so die Theke.

»Mike…«, stammelte ich und atmete schwer.

»Lexi, was ist passiert? Du bist kreidebleich!«, erschrak er und eilte hinter der Theke hervor.

»Ich…ich brauche ein Glas Wasser«, stotterte ich
kaum hörbar.

Plötzlich wurde mir schwarz vor Augen. Dann sackte
ich in mich zusammen.

Eine Ohnmacht ausgelöst von Liebeskummer. Zu sehr
hatte mich dieser in den letzten zwei Monaten ausgezehrt.

Mitten im Studio lag ich auf dem Boden.

Mike stützte meinen Kopf. Eilig faltete eine ältere
Dame ihre Tageszeitung zusammen. Besorgt fächerte
sie mir Luft entgegen.

Ein wenig später nahm ich Mias Stimme wahr. Mike
hatte sie angerufen, während er meine Beine hochge-
lagert hatte.

»Lexi, Schatz. Wach auf«, sprach sie und tätschelte
vorsichtig meine Wange.

Ich zuckte und gab einen leisen Seufzer von mir. Langsam kam ich wieder zu mir. Ich schlug meine Augen auf und blickte direkt in Mias Gesicht.

»Da bist du ja wieder«, lächelte sie über mir.

Vorsichtig setzte ich mich auf. Mike stützte mich.

»Autsch«, sagte ich und fasste an meinen Hinterkopf.

»Hast du dich verletzt?«, fragte Mia und wühlte in meinem Haar.

»Was ist denn hier los?«, rief Tanya besorgt, als sie die Eingangstür des Studios öffnete und sofort zu mir eilte.

Als ich Luca hinter ihr erblickte, verdrehte ich die Augen. Absichtlich ließ ich mich erneut nach hinten fallen und wollte abermals in einer tiefen Ohnmacht versinken.

»Nichts da…«, hielt Mia mich auf und zog mich an sich, »du kommst jetzt mit zu mir. So geht es mit dir nicht weiter!«

»Kann ich irgendwie helfen?«, fragte Tanya betroffen. Luca hielt sich im Hintergrund und blickte reumütig zu Boden.

»Ihr zwei solltet besser gehen«, meinte Mia. Eindringlich blickte sie zu Tanya, dann zu Luca.

Tanya zögerte.

»In Ordnung«, sagte sie mit Wehmut in der Stimme, »es tut mir so leid Lexi.«

Ihre Augen füllten sich mit Tränen, als sie mit Luca zu den Kabinen ging.

»Was, was tut ihr leid?«, fragte ich verwirrt und blickte zu Mia.

»Das wird sie dir selbst sagen, Lexi. Aber nicht jetzt«, antwortete sie.

Mike griff unter meine Schultern und half mir auf. Fürsorglich begleitete er mich zu Mias Auto.

Lucie saß auf der Rückbank, lächelte und winkte mir fröhlich zu. Neben ihr erblickte ich Sassi.

Nach Mikes Anruf hatte Mia sie gebeten auf Lucie aufzupassen und fuhr direkt zu ihr. Um keine Zeit zu verlieren, stieg Sassi sofort in den Wagen.

Noch etwas entkräftet zog ich den Gurt um meine Taille und schnallte mich an.

Es war seltsam, plötzlich wieder unter meinen Freundinnen zu sein.

Auch wenn ich sie wochenlang verschmäht hatte, waren sie nun für mich da.

Wie ein Netz flochten sie sich zusammen, um mich vor dem endgültigen Absturz zu bewahren.

Ganz selbstverständlich fingen sie mich auf.

»Es tut mir so leid, dass ich mich nicht gemeldet habe, aber...«, wollte ich mich entschuldigen.

»Schon gut...«, unterbrach mich Sassi, lächelte verständnisvoll und legte ihre Hand auf meine Schulter.

»Wie wäre es mit etwas zu essen?«, fragte sie, als sie meine spitzen Knochen unter meiner Kleidung spürte.

»Jaaa, Mittagessen!«, freute sich Lucie und klatschte in ihre kleinen Händchen.

»Ich habe nicht genug Pasta für uns alle, aber ihr könnt euch gerne eine Pizza in den Ofen schieben«, meinte Mia.

»Pizza klingt wunderbar«, lächelte Sassi.

»Was ist mit dir, Lexi?«, fragte Mia.

»Ein verspätetes Krisenfrühstück wäre nicht schlecht«, sagte ich schnell und schluchzte. Die letzten Worte meines Satzes brachte ich kaum mehr über die Lippen. Mühevoll hielt ich meine Tränen zurück.

Doch als wir vor Mias Wohnungstür standen, brachen alle Dämme.

Heulend fiel ich in ihre Arme und drückte sie an mich.

Mein lautes Schluchzen brach Sassi fast gar das Herz.

Unaufhaltsam schossen auch ihr die Tränen aus den Augen.

Ich streckte meinen Arm nach ihr aus, um sie in unsere Umarmung einzuschließen.

Engumschlungen standen wir zu dritt auf der Straße und weinten bitterlich.

Obwohl Sassi und Mia noch nicht genau wussten was tatsächlich geschehen war, fühlten sie voll und ganz mit mir mit.

Als wir uns ein wenig beruhigt hatten und das Schluchzen verstummte, nahmen wir Lucie aus dem Wagen und gingen ins Haus.

Sassi schüttelte mir die Sofakissen auf und schenkte mir ein Glas Wasser ein.

Mia legte mir frische Klamotten und ein Duschhandtuch bereit.

Lucie brachte mir ihre Schmusedecke und legte sie über meine Füße.

»Danke. Ihr seid die Besten«, lächelte ich gerührt und griff nach dem Wasserglas.

»Ich habe euch zwei Pizzen aus dem Eisfach geholt, lasst sie noch etwas antauen«, sagte Mia und legte zwei bunte Kartons auf die Küchenplatte.

Sie setzte Lucie in den Kinderstuhl und servierte ihr einen Teller voll dampfender Spaghetti mit Tomatensauce.

»Mhhh lecker!«, freute sich Lucie. »Aber nur schöne

Schnecken machen Mama!«

»Aber natürlich«, lächelte Mia und griff zu Gabel und Löffel. Kunstvoll rollte sie die langen Nudeln zu einer kleinen Schnecke zusammen und führte sie zu Lucies Mund.

Kritisch inspizierte Lucie die Nudelschnecke und schüttelte dann ihren Kopf.

Mia seufzte, ließ die Spaghetti von der Gabel gleiten und begann sie erneut aufzudrehen.

»Lexi, möchtest du darüber sprechen?«, fragte Sassi vorsichtig, als sie die Pizzen in den Ofen schob.

Ich seufzte und setzte mich vorsichtig auf. Noch bevor ich etwas sagen konnte, fiel mir Mias entnervter Blick auf. Abermals ließ sie ein paar Spaghetti von der Gabel fallen und formte eine neue Schnecke.

Ungeduldig führte sie die Nudeln zu Lucies Mund. Die schüttelte wieder ihren Kopf.

»Was ist das für ein seltsames Spiel?«, fragte ich misstrauisch und kniff die Augen zusammen.

»Lucie isst nur schöne Schnecken!«, antwortete Mia verärgert.

»Und wie lange möchtest du dich von ihr noch veräppeln lassen?«, hakte ich weiter nach.

»Das solltest du eher dich selbst fragen«, antwortete Mia mit Nachdruck.

»Was meinst du?«, fragte ich missmutig und legte die Stirn in Falten.

»Aus Liebeskummer bis auf die Knochen abzumagern…«, sagte sie mit einem Hauch Unverständnis in ihrer Stimme. Genervt legte sie das Besteck zur Seite und schob Lucie den vollen Teller unter die Nase. Mit strahlenden Augen griff Lucie in die Spaghetti und schob sich eine Handvoll in den Mund.

»Siehst du, so isst man richtig. Mit Lust und Appetit!«, erklärte Mia bestimmt und wischte sich einen Spritzer Tomatensoße vom Brillenglas.

»Mir ist der Appetit vergangen...«, klagte ich leise und blickte zu Boden.

»Dann finde ihn wieder!«, ergriff Sassi nun das Wort. »Hör auf, dich in deiner Wohnung zu verstecken und fang endlich wieder an zu leben!«

»Ohne ihn...«, fügte ich ihren Worten hinzu, ohne meinen bestürzten Blick zu heben.

»Ja, ohne ihn! Du schaffst das Lexi, du musst nur einen Anfang finden«, versuchte mich Sassi zu ermutigen.

»Das geht nicht Sassi!«, verteidigte ich mich energischer und stand auf.

»Vorsichtig Lexi, setze dich lieber wieder...«, erschrak Mia, als sie mein Nachschwanken bemerkte.

»Ich liebe ihn!«, erklärte ich meine plötzliche Unruhe und ging im Wohnzimmer auf und ab. »Ich liebe ihn von ganzem Herzen. Wir teilen so viel miteinander. Hatten so eine wunderbare Zeit, eine so tiefe, innige Freundschaft. Ich kann ohne ihn nicht leben...«

Wieder schossen mir Tränen in die Augen.

»Oh Lexi...«, beruhigte mich Sassi und legte ihren Arm um meine Schultern, »es tut mir so leid für dich.«

»Er ruft nicht zurück«, schluchzte ich, »ich habe ihm E-Mails geschrieben, SMS, mich tausendmal entschuldigt!«

»Warum hast du dich bei ihm entschuldigt?«, fragte Mia mitfühlend und irritiert zugleich.

»Wegen dieser einen Nacht. Dieser verdammten

einen Nacht!«, heulte ich verzweifelt.

»Aber Lexi, mein Schatz, dafür musst du dich doch nicht entschuldigen. Das ist ganz sicher nicht der Grund, warum er sich nun nicht mehr meldet...«, meinte Sassi.

Aus dem Augenwinkel heraus sah ich, wie Mia den Zeigefinger an ihre Lippen legte und Sassi signalisierte, nicht weiter zu sprechen.

Ich wurde misstrauisch. Irgendetwas hatten meine Freundinnen vor mir zu verbergen.

Als ich sie gerade zur Rede stellen wollten, klingelte es an der Tür.

Es war Tanya. Ich hörte, wie Mia sie wieder fortschicken wollte.

Tanya missachtete ihre Bitte und eilte zu mir ins Wohnzimmer.

»Lexi, ich...«, sie unterbrach ihren Satz und begann zu zögern.

Reumütig blickte sie mir in die Augen. Überschwänglich fiel sie mir dann um den Hals.

Etwas überrascht erwiderte ich ihre Umarmung und sah irritiert zu Sassi.

»Die Pizza!«, schreckte Sassi auf und hastete zum Ofen. Dies tat sie natürlich nur, um meinen fragenden Blicken auszuweichen.

»Was habt ihr denn nur? Was soll dieses alberne Verhalten?«, fragte ich gereizt.

So langsam machte mich das sonderbare Benehmen meiner Freundinnen doch ein wenig stutzig.

»Oh, ich habe vergessen den Ofen einzuschalten«, wich Sassi erneut meiner Frage aus und zog das Backblech hervor.

150

»Zum Glück war er aus. Die Pizzen sind ja noch einge-schweißt«, stellte Mia belustigt fest und blickte über Sassis Schulter.

»Ich bin heute etwas verwirrt«, erklärte Sassi und stellte das Blech auf der Küchenplatte ab.

»Ich auch!«, sagte ich mit Nachdruck und drehte mich zu Tanya. Eindringlich blickte ich ihr in die Au-gen und verlangte nach einer Antwort. Angespannt stand sie vor mir und regte sich nicht.

»Lexi...es ist wegen Luca...«, brach sie dann ihr Schweigen.

»Luca? Mach dir doch bitte keine Gedanken um Luca...«, prustete ich los. Noch ahnte ich nicht was Tanya mir wirklich beichten wollte.

»Du bist gar nicht böse?«, fragte sie vorsichtig.

»Nein, warum auch? Luca ist mir absolut egal...«, sagte ich irritiert.

Ihre Frage hatte mich etwas durcheinander gebracht. Einen Moment lang blickten wir uns verwirrt an. Auch Sassi und Mia sahen perplex zu mir.

Als meinen Freundinnen und mir bewusst wurde, dass wir die ganze Zeit über nicht von ein und dersel-ben Person gesprochen hatten, ging uns allen ein Licht auf.

»Es ist nicht Luca, der für deinen Liebeskummer ver-antwortlich ist?«, fragte Sassi verwundert.

Mit einer deutlichen Kopfbewegung verneinte ich ihre Frage und blickte zu Boden.

Erstaunt blickte Sassi zu Tanya. Auch Mia wirkte überrascht und runzelte die Stirn.

Eine deutlich spürbare Anspannung lag in der Luft. Ich seufzte auf. Mir wurde bewusst, dass ich die

Wahrheit nicht länger verbergen konnte. Ich schulde-te meinen Freundinnen eine Erklärung.

»Es ist Ben...«, sagte ich leise. Noch immer hielt ich meinen Blick am Boden.

»Ben?«, fragte Mia verblüfft.

»Ja...«, antwortete ich und sah zu ihr, »ich habe mich in Ben verliebt...«

»Wusste er das?«, fragte Sassi.

»Er wusste, dass ich Gefühle für ihn entwickelt ha-be...«, erklärte ich.

»Und dann hast du mit Luca geschlafen...«, meinte Sassi und trat näher zu mir. Mitfühlend legte sie ihren Arm um mich.

»Ja...«, schluchzte ich, »Ben hatte mir seine Liebe gestanden. Und was mache ich? Ich lasse ihn im Fox stehen und haue mit Luca ab!«

»Oh nein...jetzt verstehe ich alles«, sagte Mia und trat ebenfalls an meine Seite. Tanya biss sich verhalten auf die Unterlippe. Plötzlich wirkte sie sehr distan-ziert auf mich.

»Das tut mir so leid, Lexi...«, flüsterte Sassi und nahm mich in ihre Amre.

»Wir werden sicher eine Lösung finden...«, bestärkte mich Mia.

»Warum?«, fragte ich zynisch. »Wir haben doch alle unseren Teil des Paktes erfüllt. Mia hat eine feste Beziehung, Sassi einen neuen Job, ich hatte einen miserablen One-Night-Stand und Tanya...Tanya...«

»...hat sich in Luca verliebt«, vervollständigte sie mei-nen Satz und traute sich kaum mir in die Augen zu sehen.

»Das stand nicht in unserem Pakt«, stellte ich verdutzt fest.

Keine von uns traute sich weiter zu sprechen. Für einen Moment standen wir uns bedröppelt gegenüber und schwiegen.

Etwas unangenehm war es mir schon, dass sich Tanya in meinen One-Night-Stand verliebt hatte...oder ich einen One-Night-Stand mit ihrem neuen Schwarm hatte.

Doch wirklich böse war ich nicht auf sie. Tanyas neuerdings so zurückhaltendes Benehmen, ihre fröhliche Art und ihr Bedürfnis, sich einem Menschen anzupassen, zeigten mir, dass ihre Gefühle für Luca tatsächlich echt waren.

»Das ist okay, Tanya...«, brach ich unser Schweigen und lächelte.

Drei erleichterte, lange Seufzer hallten durch den Raum.

»Meinst du das ernst, Lexi? Du bist wirklich nicht böse?«, fragte Tanya noch immer etwas angespannt.

»Aber nein. Ich hatte und habe keinerlei Gefühle für Luca. Ich habe eher ein schlechtes Gewissen...«

»Das brauchst du nicht haben«, lächelte Tanya, »ich hätte dir erzählen müssen, dass ich mich in Luca verliebt habe, als du mich gefragt hattest. Ich würde sagen, wir sind quit.«

Ich nickte.

Tanya fiel ein ganzes Gebirge vom Herzen. Als hätten wir uns nach einem wochenlangen Streit wieder versöhnt, fiel sie mir dankbar um den Hals.

»Schon gut«, lächelte ich, »ich hoffe nur, du magst Kaninchen...«

»Ich hoffe, *du* magst Pizza!«, meinte Mia und hielt

mir eine dampfende Pizzaecke unter die Nase, »los, essen...«

Manchmal übertrieb es Mia mit ihrer mütterlichen Fürsorge. Etwas genervt griff ich nach dem Teller und nahm einen extragroßen Biss von der Schnitte.

»Zufrieden?«, nuschelte ich mit vollem Mund.

»Du brauchst mich gar nicht so veräppeln. Hättest du dich an den Pakt gehalten und dich einfach mal *nicht* verliebt, würde man jetzt nicht deine Rippen zählen können«, entgegnete sie mir.

»Ach, zum Teufel mit dem Pakt...«, ging Sassi entschieden dazwischen, »so gelitten hat unsere Lexi noch nie! Ben muss wohl tatsächlich ihre große Liebe sein. Also hat unser Pakt nun ein weiteres, gemeinsames Ziel!«

Gespannt blickten wir zu ihr.

»Wir werden Ben zurückgewinnen! Lasst uns einen Plan schmieden!«, erhob Sassi ihre Stimme.

»Wie wäre es mit sowas...«, meinte Tanya und zog den Ärmel ihrer Bluse ein Stück nach oben.

»Was ist das denn?«, fragte ich entsetzt und blickte auf die blassen, vernarbten Buchstaben auf ihrem Unterarm.

»Das habe ich ja noch nie gesehen...«, sagte Mia erschrocken.

»Ist der Name meines Ex-Freundes. Den habe ich mir mit 15 in den Arm geritzt. Sollte ein Liebesbeweis für ihn sein. Der Hautarzt meinte, noch weitere fünf Jahre und die Narben sind kaum mehr erkennbar«, erklärte Tanya seelenruhig, als wäre der eingeritzte Name in ihrer Haut ganz selbstverständlich.

»Ich glaube, das ist eher nichts für mich«, meinte ich

und blickte kritisch auf Tanyas Unterarm.

Die zuckte mit den Schulten, kramte in ihrer Handtasche und zog einen Donut aus einer Papiertüte. Konzentriert knabberte sie den Zuckerguss ab und packte den Rest des Gebäcks in ihre Tasche zurück. Verwundert beobachtete ich sie.

»Was soll das denn bitte?«, fragte ich.

»Ich esse nur noch den oberen, leckeren Teil. Das spart Kalorien. Luca meint, ein paar Kilo weniger würden mir besser stehen«, erklärte Tanya.

Ich grinste.

»Süße, ich gönne dir Luca wirklich von ganzem Herzen, aber verbiege dich nicht für ihn. Du bist toll so wie du bist«, sagte ich und gab ihr einen kleinen Kuss auf den Kopf.

»Um nochmals auf unseren Pakt zurückzukommen…«, meinte Sassi plötzlich, erhob sich und strich behutsam ihren Rock glatt, »ich habe meinen neuen Job gekündigt!«

»Das hast du nicht wirklich getan?!«, rief ich entsetzt.

»Doch, hat sie…«, meinte Mia kurz. An ihrer Stimmlage erkannte ich, dass auch sie nicht unbedingt begeistert von Sassis Aktion war.

»Ich habe mich vor sechs Wochen dazu entschieden eine Agentur zu gründen. Ich bin nun selbstständig und möchte Events planen«, erklärte Sassi überzeugt und lächelte.

»Und das funktioniert?«, fragte ich leicht ungläubig.

»Bisher habe ich nur zwei Geburtstage und eine Taufe organisiert. Meine Eltern unterstützen mich in der Anfangszeit. Zwar habe ich so meine Aufgabe des Paktes nicht erfüllt, doch ich möchte an meiner Idee festhalten. Ich werde mir endlich meinen beruflichen Traum erfüllen«, meinte Sassi selbstsicher und strahlte.

Ihre Worte und ihr unheimlich starker Glaube an sich selbst beeindruckten mich.

»Ich denke, du hast deine Aufgabe mehr als erfüllt…«, lächelte ich.

»Ja wirklich?«, freute sich Sassi.

»Ich habe dich noch nie so entschlossen und mit solch einer Willensstärke gesehen. Du wirst das ganz sicher schaffen…«, bestärkte ich sie.

Dankbar blickte Sassi mir in die Augen und lächelte.

»Und was machen wir nun mit unserer Lexi?«, fragte Mia in die Runde.

»Ja – wie holen wir Ben zurück?«, rief Tanya euphorisch und voller Tatendrang.

Grübelnd legte ich die Hand an mein Kinn und überlegte.

»Ich glaube, ich habe da schon eine Idee. Lasst mich mal machen…«, hielt ich meine Freundinnen zurück und schmunzelte…

Kapitel 9

Ein absoluter Ausnahmezustand!
(Oder: Wenn Liebeskummer im kompletten Wahnsinn endet)

Voller Energie und Motivation sprang ich am nächsten Morgen aus meinem Bett. Ich öffnete die Jalousien und lächelte der wärmenden Sonne entgegen. Meine neugewonnene Hoffnung ließ mich unter der Dusche ein fröhliches Liedchen trällern.
Feinsäuberlich frisierte ich danach mein Haar.
Meine ständigen Heulattacken der letzten Wochen hatten tiefe, dunkle Augenringe und einen fahlen Ton in meinem Gesicht hinterlassen.
Gekonnt ließ ich beides unter einem hübschen Tagesmakeup verschwinden.
Gut gelaunt ging ich aus dem Haus, schwang mich in Polly und machte mich auf den Weg in den Supermarkt.
Am frühen Abend wollte ich ein romantisches Picknick für Ben ausrichten und mit ihm gemeinsam den Sonnenuntergang genießen.
Voller Elan schoss ich mit dem Einkaufswagen durch die engen Gänge des großen Supermarktes. Etwas unkoordiniert durchsuchte ich die vollen Regale.
An nichts sollte es fehlen. Nach nur zehn Minuten war somit die Hälfte meines Wagens bereits gefüllt. Ich hatte zwei teure Flaschen eines edlen Rotweines ausgewählt, reichlich frisches Obst und Gemüse eingeladen.

Am Stand der Bäckerei bestellte ich eine große, frische Quiche und leckere Donuts.

Ein kleiner, herzförmiger Kuchen fiel mir ins Auge, welchen ich kurzerhand auch noch einpackte.

Zufrieden lächelnd schob ich meinen Wagen zur Kasse.

In Gedanken malte ich mir bereits Bens überraschtes Gesicht aus, wie wir gemeinsam das Picknick genießen und uns versöhnend in die Augen blicken würden.

Als die Kassiererin mir den hohen Preis für meine »Ben-komm-zurück-Aktion« nannte, geriet ich kurz ins Stocken.

Doch Ben war mir jeden Cent wert.

Mühevoll verstaute ich meine Einkäufe in Pollys kleinem Kofferraum. Bis oben hin war sie zugepackt.

Beim Rückwärtsausparken musste ich mich daher auf mein Gefühl verlassen.

»Geschafft!«, freute ich mich, als Polly und ich fröhlich vom Parkplatz rollten.

Es schien mein Glückstag zu sein. Das Picknick für Ben konnte nur ein voller Erfolg werden!

Zu Hause machte ich mich sofort ans Werk.

Ich drehte die Musik auf, als mein Lieblingssong im Küchenradio lief. Eifrig schnappte ich mir einen Kochlöffel und missbrauchte diesen als Mikrofon.

Beschwingt schnippelte ich das Gemüse klein und polierte zwei Weingläser. Ich suchte mein bestes Besteck zusammen und faltete weiße Stoffservietten.

Voller Vorfreude packte ich die gekauften Leckereien in einen großen Korb und legte meine bunte Picknickdecke daneben.

Mit einem positiven Gefühl im Bauch rief ich Mia an, um ihr von meinem Vorhaben zu berichten.

Auch sie war von meiner Idee begeistert.

»Mia...«, sagte ich, »kannst du mir bitte einen Gefallen tun?«

»Ja sicher, Lexi.«

»Würdest du Ben für mich anrufen? Meine Nummer ignoriert er noch immer, wenn sie auf seinem Display erscheint...«

»Gerne. Kein Problem. Ich rufe ihn gleich an.«

»Okay. Um 17 Uhr im Stadtpark. Er soll den Berg zur Liegewiese hochlaufen. Von dort aus haben wir eine wunderbare Sicht über die Küste. Verrate ihm aber nichts von dem Picknick!«

»Geht klar, Lexi, viel Glück!«, verabschiedete sich Mia.

Nur fünf Minuten nach unserem Telefonat, wählte ich erneut ihre Nummer:

»Und?«, rief ich gespannt in den Hörer, ohne sie vorher zu begrüßen.

»Lexi...ich habe ihn noch nicht angerufen. Melde dich in einer Stunde wieder«, antwortete Mia und legte auf.

Ich konnte nicht warten. Nach nur zwanzig Minuten rief ich sie erneut an:

»Mia? Ich bin es, Lexi. Ich wollte nur nochmal fragen, ob....«

»Er wird es sich überlegen...«, unterbrach sie mich.

Ich seufzte.

»Er überlegt es sich...«, wiederholte ich betrübt.

»Es ist eine Chance, Lexi. Er wird sicherlich kommen.«

»Danke, Mia. Ich ziehe mich jetzt um und bereite im

Park alles vor.«

»Meldest du dich bitte und gibst mir ein Update? So kurz nach acht?«, fragte Mia.

»Aber natürlich«, sagte ich lächelnd und verabschiedete mich von ihr.

Grübelnd stand ich vor meinem Kleiderschrank und probierte bereits das fünfte Kleidchen an. Zum allerersten Mal wollte ich Ben gefallen. Noch nie war mir mein Auftreten vor ihm so wichtig gewesen wie heute. An diesem Abend machte ich mich nur für ihn zurecht. Ich schminkte mich neu und flocht mein Haar zu einem kunstvollen Zopf.

Es fühlte sich weder seltsam, noch befremdlich an, Ben beeindrucken zu wollen.

Ich war so verliebt in diesen Kerl, dass es mir völlig normal vorkam, mich nach einem Kuss von meinem einst besten Freund zu sehnen oder dieses Kribbeln zu spüren.

Eine Stunde vor der vereinbarten Zeit schnappte ich mir den schweren Picknickkorb, klemmte die Decke unter meinen Arm und machte mich auf den Weg in den Stadtpark.

Mühsam schleppte ich die klirrenden Weinflaschen, den Kuchen und all die anderen Leckerbissen den steilen Berg hinauf zur Liegewiese.

Oben angekommen stellte ich meinen Korb auf den saftig grünen Rasen und verschnaufte.

Zufrieden blickte ich über die Dächer von Jersey City und genoss den herrlichen Anblick der angrenzenden Küste.

Ich suchte mir einen gemütlichen Platz auf der weiten, fast menschenleeren Wiese. Unter einem großen

Laubbaum breitete ich meine Picknickdecke aus.
Mit viel Hingabe legte ich die Donuts auf einen großen Teller. Fein säuberlich stellte ich die Gemüseplat-
te daneben. Ich verteilte das Obst auf der Decke und
nahm die Weinflaschen aus dem Korb. Inmitten der
zahlreichen Leckerbissen fand auch der kleine Herzkuchen seinen Platz. Ich achtete auf jedes kleinste
Detail. Immer wieder stand ich auf, ging zwei Schritte
zurück und begutachtete mein Werk. Kritisch kniff ich
meine Augen zusammen und zog die Decke nochmals
zurecht. Um sie herum verteilte ich viele kleine Teelichter, welche uns den Anbruch der Nacht versüßen
sollten.

Nervös blickte ich auf meine Armbanduhr.

»Noch eine Viertelstunde…«, sagte ich zu mir selbst
und setzte mich.

Unsicher wechselte ich mehrmals meine Position und
überlegte, wie ich Ben empfangen wollte.

Aufgeregt verharrte ich halb liegend, halb sitzend und
stütze mich seitlich auf meiner linken Hand ab.

Ruhelos zupfte ich am Ende meines geflochtenen
Zopfes und blickte abermals auf die Uhr.

»Noch sieben Minuten…«, flüsterte ich hypernervös.
Mein Herz schlug mir bis zum Halse, als es dann endlich fünf war.

Angespannt fixierte ich den Kiesweg und wartete auf
Bens Erscheinen an der Kuppe des Berges.

Nach zehn Minuten lockerte ich meine Position und
machte es mir etwas gemütlicher…

Nach 20 Minuten stand ich auf. Nervös ging ich hin
und her…

Weitere zehn Minuten vergingen. Ich stieß einen

langen Seufzer aus. Betrübt lehnte ich mich gegen den dicken Baum, unter dessen Krone mein mühevoll hergerichtetes Picknick wartete.…

Nach einer Stunde des Wartens öffnete ich die erste Weinflasche…

Innerhalb der nächsten 30 Minuten hatte ich diese geleert!

Es war bereits weit nach neun Uhr, als ich taumelnd gegen die Teelichter kickte und diese wie einen Fußball über die Wiese katapultierte.

»So eine Sch…Sch…Scheiße!«, lallte ich vor mich hin.

»So eine ver…verscheißte Dammte!«, schrie ich sturzbetrunken in die Nacht hinaus. Ich wusste nicht, wohin mit meinem Ärger und meiner Enttäuschung. Wütend kickte ich gegen den kleinen Herzkuchen. Im hohen Bogen flog er über die Wiese und verschwand in der Dunkelheit.

Bei meinem Versuch die zweite Weinflasche zu greifen, die ich bereits doppelt sah, verlor ich das Gleichgewicht. Torkelnd stolperte ich über die Donuts, stürzte, riss den Picknickkorb um und landete mit der rechten Wange in der Quiche.

»Ouh«, stammelte ich überrascht, als ich den abgebrochenen Boden eines Weinglases aus dem Korb rollen sah.

Ohne mein Gesicht aus der Schinkenkäsemasse zu heben, tastete ich nach meinem Smartphone und schrieb eine SMS an Mia. Ein weiterer Fehler. Im betrunkenen Zustand tippten meine Finger, unabhängig von meinem Hirn, die kuriosesten Nachrichten.

»Mima! Ben ists nicht gekommen!«, lautete meine erste Nachricht.

»Oh mein Gott, was treibt ihr da im Park?«, schrieb Mia besorgt zurück.

»Ich meinte, Bon ist nicht gekommen Vogelstrauß.«

»Vogelstrauß??«

»Doofe Worterkennen...«

»Kann es sein, dass du sturzbesoffen bist Lexi?«, lautete ihre letzte SMS, bevor mich plötzlich Sassi anrief.

»Jep«, meldete ich mich kurz am Telefon.

»Lexi, kannst du mir bitte erklären, was es mit deinen seltsamen Nachrichten auf sich hat?«

»Du…du hast Mias H...Handy geklaut!«, rief ich und kicherte.

»Nein, ich bin bei ihr und habe alles mitgelesen!«, erklärte Sassi streng.

»Du kommst nun sofort zu uns! Hast du gehört?«, rief Mia in den Hörer.

»Neeeeeeeeein, ich schl...schlafe im Park! Ich habe hier ein gemütliches Kopfkissen! Und eine Decke!«, lallte ich in mein Smartphone und rieb meine Wange zufrieden in der Quiche.

Als ich nach der Picknickdecke griff, um sie schwungvoll über meinen Körper zu werfen, flogen mir die Gemüsesticks entgegen, gefolgt von der Platte.

»Auuuuutsch!«, kreischte ich in mein Telefon.

»Lexi! Es reicht jetzt! Wir holen dich nun sofort!«, rief Sassi verärgert.

»Mike, kannst du auf Lucie aufpassen?«, hörte ich Mia im Hintergrund noch fragen, dann brach die Verbindung ab.

Mühevoll schaffte ich es nun doch, mich in die Decke einzuwickeln...und mit mir das Obst, die Möhren und Gurkenscheiben, die zerstückelten Donuts und Teile der Quiche.

Ich stellte mir vor ein köstlicher Wrap zu sein und kicherte.

Im Halbschlaf hörte ich plötzlich zwei weibliche Stimmen, die auf mich zukamen. Erschrocken riss ich meine Augen auf. Hektisch tastete ich nach dem silbernen Stabfeuerzeug, welches ich eigentlich für die Teelichter mitgenommen hatte. Nun sollte es mir als Waffe dienen und mich vor den Angreifern, die sich bereits in unmittelbarer Nähe befanden, beschützen! Auf dem Bauch liegend zog ich meinen Kopf in die Deckenrolle zurück. Mein Hinterteil, welches nun in die Luft ragte, ließ meinen Wrap zu einem unförmigen Berg werden.

Vorsichtig streckte ich das Stabfeuerzeug aus der vorderen Öffnung meines Versteckes und bereitete mich auf den Angriff vor!

»Was ist denn das für ein Chaos? Lexi? Bist du da drin?«, rief die Stimme wieder.

Als die mir noch immer unbekannte Person an die Spitze meines Deckenberges tippte, entzündete ich mutig die Flamme meines Stabfeuerzeuges.

Für Tanya, die sich ebenfalls auf die Suche nach mir gemacht hatte, war mein Anblick ein Bild für Götter. Ein unförmiger Stoffhaufen, garniert mit ein paar Gurkenscheiben, aus dem ein silberner Stab ragte, dessen kleine Flamme sich plötzlich entfachte.

»Sei sofort still!«, rief Sassi wütend, als sich Tanya vor Lachen krümmte.

Kraftvoll zogen meine Freundinnen an der Decken-kante, die über meinem Rücken lag.

Kreischend flogen sie nach hinten, als sich mein Wrap ruckartig entrollte und ich auf den Rasen kullerte.

Schwerfällig versuchte ich mich aufzurichten. Auf allen Vieren wollte ich die Flucht ergreifen.

»Nichts da!«, rief Sassi entsetzt und packte mich un-sanft am Oberarm.

»Aua, du tust mir weh!«, rief ich und versuchte mich aus ihrem festen Griff zu befreien.

»Lexi, sei doch vernünftig…«, redete Mia vorsichtig auf mich ein und zupfte mir ein paar Gurkenstücke aus den Haaren.

Ich stockte, setzte mich auf meine Unterschenkel und blickte zu meinen Freundinnen auf.

Mein kläglicher Anblick traf sie allesamt mitten ins Herz.

»Komm schon…«, flüsterte Tanya betroffen und reichte mir ihre Hand.

Ich schluchzte. Aus meiner Wut auf Ben wurde bitte-re Trauer.

»Es tut so weh!«, heulte ich laut auf.

Meine Freundinnen setzten sich zu mir und schlossen mich in ihre Arme.

»Es tut so weh!«, wiederholte ich und ließ meinen Tränen freien Lauf.

»Ist schon gut…«, beruhigte mich Tanya und hielt mich ganz fest.

Minutenlang saßen wir in der Dunkelheit auf der Wiese. Geduldig warteten die drei, bis mein Schluch-zen verstummte und ich allmählich wieder zu mir kam.

»Geht es wieder?«, fragte Mia und reichte mir etwas zu trinken.

Ich nickte und griff nach der Wasserflasche. Mia begleitete mich zu einer Parkbank.

»Warte hier. Wir räumen das Gröbste zusammen und bringen dich dann ins Bett. Alles wird gut, mein Schatz«, lächelte sie.

Während Mia, Sassi und Tanya mein Chaos beseitigten, fasste ich bereits einen neuen Plan.

»Ich muss zu Ben!«, rief ich und stand entschlossen auf.

»Aber sicher nicht mehr heute Nacht«, rief Tanya zurück.

»Oh doch! Ich gehe jetzt z…zu ihm!«, antwortete ich stur.

»Lexi, was soll das?«, fragte Sassi mit Nachdruck.

Als ich ihre Frage ignorierte und in Richtung Stadt laufen wollte, eilte sie mit forschen Schritten zu mir. Tanya und Mia folgten ihr.

»Mir geht es gut!«, erklärte ich dickköpfig. »Bitte…ich muss zu ihm. Ich muss zu Ben!«

Wieder griff Sassi nach meinem Oberarm. Ich wehrte mich.

»Lass sie…«, sagte Tanya ruhig und blickte mitfühlend zu mir, »du wirst sie nicht davon abbringen können…«

»In diesem Zustand lasse ich sie nicht alleine durch die Nacht irren!«, meinte Sassi mit strengem Blick.

»Dann begleiten wir sie bis zu Bens Tür…«, schlug Tanya vor.

Sassi seufzte. Mia nickte.

Nachdem Tanya mir die restliche Quiche aus dem

Gesicht gewischt hatte, legte sie ihren Arm um meine Schultern und begleitete mich den steilen Berg hinunter.

»Puh, es ist ganz schön dunkel hier!«, sagte Mia ängstlich, als wir durch den düsteren Stadtpark gingen.

Es war unheimlich still, nur das Zirpen der Grillen war zu hören.

»Keine Angst! Ich habe eine Waffe!«, erklärte ich tapfer und zückte mein Stabfeuerzeug. Noch immer hielt ich es fest in meiner Hand.

»Du kannst ja nicht mal auf dich selbst aufpassen, Picknick-Queen«, belächelte Tanya meine Worte.

Ich ließ mich keineswegs beirren. Mit dem entzündeten Stabfeuerzeug voran, führte ich die Gruppe sicher aus dem Park.

Es war bereits halb eins in der Nacht, als wir vor Bens Haus ankamen.

»Er wohnt in der dritten Etage...«, meinte Sassi.

»Schaffst du das, Lexi?«, fragte Mia.

»Hör mir zu...«, sagte Tanya und blickte mir eindringlich in die Augen, »du klingelst und wir gehen. Wenn Ben nicht aufmachen sollte, dann warte genau hier! Wir kommen in spätestens fünf Minuten wieder. Hast du das kapiert?«

Ich nickte und grinste.

»Ihr seid so, so...so tolle Freundinnen«, erklärte ich überschwänglich, »ich l...liebe euch!«

»Jaja, jetzt mach schon«, forderte Sassi mich ungeduldig auf.

Ich versuchte einen klaren Kopf zu bewahren und sammelte mich. Dann drückte ich die Klingel. Meine

Freundinnen ließen mich alleine.

Ich wartete und wartete, doch nichts rührte sich. Erst nach dem zweiten Klingeln, erklang ein leises Rauschen an der Sprechanlage.

»Wer ist denn da?«, meldete sich eine verschlafene Stimme, gefolgt von einem langen Gähnen.

»Ich bin es, Ben...«, sagte ich schnell und biss mir auf die Unterlippe.

Ein heftiger Adrenalinstoß ergriff mich.

»Lexi?«, fragte Ben verwirrt.

»Ja...machst du mir bitte auf?«, antwortete ich mit weinerlicher Stimme.

»Geh nach Hause...«, forderte Ben mich auf. Die Gleichgültigkeit in seiner Stimme war wie ein schmerzhafter Stich in mein Herz.

»Ben...bitte...ich brauche dich...«, bettelte ich verzweifelt.

Heulend sank ich zu Boden. Auf den kalten Steinplatten sitzend umklammerte ich meine Knie und weinte. Plötzlich bemerkte ich Licht im Hausgang, die schwere Holztür öffnete sich.

»Was soll dieses Theater mitten in der Nacht?«, fragte Ben missmutig und verschränkte die Arme vor seiner Brust.

Über zwei Monate hatte ich ihn nicht mehr gesehen. Zu Recht hatte er mich ignoriert und mich seine Enttäuschung spüren lassen. Ihm nun wieder in die Augen zu blicken war einerseits ein wunderschönes, befreiendes Gefühl, andererseits kam es mir vor als würde sich mein Magen acht Mal um sich selbst drehen.

»Bitte verzeih mir...«, stammelte ich und griff nach

seiner Hand. Er erwiderte meine zaghafte Berührung nicht, erkannte aber, wie verzweifelt ich war.

»Du meinst es wirklich ernst…«, sagte er.

»Ben, ich liebe dich!«, flüsterte ich und fixierte seinen Blick.

Er schwieg und sah mir einen Moment lang in die Augen. Dann seufzte er auf und umschloss meine Hand in seiner.

»Komm«, sagte Ben und half mir auf.

»Du schläfst bei mir und morgen sehen wir weiter. Vorsichtig, nicht stolpern!«, meinte er und stützte mich, als wir die Treppen hinaufstiegen.

Schweratmend kam ich in der dritten Etage an. Alles drehte sich vor meinen Augen.

Ben schloss die Wohnungstür auf. Schwankend ließ ich mich auf das Sofa fallen.

»Ich zieh dir deine Schuhe aus«, flüsterte Ben.

»Ich brauche andere Klamotten…«, stammelte ich.

»Wir finden sicherlich etwas«, sagte er und half mir auf.

Als wir ins Schlafzimmer gingen, um mir ein Shirt zum Schlafen rauszusuchen, begann ich zu hyperventilieren.

»Mir…mir wird schlecht!«, haspelte ich und begann zu würgen.

»Schnell! Zur Toilette!«, rief Ben und stützte mich.

Ich ignorierte seine Worte, presste mir die Hand auf den Mund und stürmte hysterisch zum anderen Ende des Zimmers. Panisch riss ich die Vorhänge zur Seite.

»Nicht!«, rief Ben und eilte zu mir.

Blitzschnell griff er nach meiner Hand und zog mich in Richtung Badezimmer.

»Mir kommt es!«, würgte ich und stockte.

Aus Angst die Toilette nicht rechtzeitig erreichen zu können, befreite ich mich hektisch aus Bens Griff und hastete erneut durch das Schlafzimmer.

Doch anstatt dem Fenster, öffnete ich zielsicher die Tür seines Kleiderschrankes, welcher direkt daneben stand. Mehrmals erbrach ich mich über den Sportsocken.

Im Hintergrund schlug Ben die Hände über dem Kopf zusammen. Kurz bevor ich mich erneut übergeben musste, reichte er mir einen Eimer. Fürsorglich hielt er meinen Zopf zurück, während ich Rotwein spie.

Völlig entkräftet ließ ich mich in Bens Arme sinken. Sorgsam trug er meinen schlaffen Körper in sein Bett und deckte mich zu.

Mit einem feuchten Lappen säuberte Ben mein Gesicht.

»Ach Lexi...«, hörte ich ihn leise seufzen, »wenn du wüsstest wie sehr ich dich vermisst habe....«

Sanft strich er eine Haarsträhne aus meinem Gesicht und haderte mit sich selbst. Mit jeder Sekunde fiel es ihm schwerer, auf mich böse zu sein. Innerlich kämpfte sein Herz gegen seinen Verstand. Nachdenklich saß Ben auf der Bettkante und sah zu mir. Tief atmete er durch, bevor er entschlossen den Sieger seines inwendigen Kampfes kürte.

Ein noch etwas wehmütiges aber dennoch befreites Lächeln huschte über seine Lippen, bevor er sich dann zu mir legte. Im Halbschlaf kuschelte ich mich an seine Brust. Zaghaft legte Ben seinen Arm um mich. Dicht an dicht schliefen wir in dieser Nacht ein.

Kapitel 10

Glücksgefühle
(Oder: Wenn Liebe zum Verbrechen wird!)

»Ben!«, schreckte ich am nächsten Morgen auf. Verwirrt blieb ich im Bett sitzen und umklammerte das Ende der Federdecke.

»Ich bin hier«, beruhigte er mich sogleich und legte sanft seine Hand auf meine Schulter, »ich bin bei dir…«

Ich stieß einen erleichterten Seufzer aus.

Aufzuwachen und Ben nicht vermissen zu müssen war ein wunderschönes Gefühl.

Dennoch traute ich mich kaum, ihm in die Augen zu sehen, als mir der Geruch von gegorenem Rotwein in die Nase stieg.

In den vergangenen Wochen war einiges passiert: Ich hatte über meine eigene Tasche gepinkelt…ließ mich von einem Karnickel begatten, erlitt vor Lucas Augen einen Schwächeanfall, zerstörte seinen Bademantel und mein halbes Auto, blamierte mich vor meinen Freundinnen, hielt ein simples Stabfeuerzeug für eine geeignete Waffe, hatte meinen besten Freund verloren und letztendlich über seine Socken gekotzt.

Ich war am Tiefpunkt meines Lebens angekommen!

»Mir ist das alles so peinlich!«, schämte ich mich und vergrub mein Gesicht in der Decke.

»Schon gut«, lächelte Ben und reichte mir eine Tasse Kaffee, »wenn du den getrunken hast und einigermaßen fit bist, gehen wir neue Socken für mich kaufen.«

»In Ordnung«, lächelte ich und nahm einen Schluck.

»Du brauchst dringend jemanden, der dir etwas mehr Halt in deinem Leben gibt…«, meinte Ben nachdenklich.

»Gut möglich…«, sagte ich leise.

Ben schwieg und grübelte. Er nahm mir die Tasse ab, stellte sie beiseite und umfasste entschlossen meine Hände.

»Dir fehlt ein Fundament in deinem Leben. Eine Person, die dich etwas lenkt und dich manchmal auf den Boden der Tatsachen zurückholt«, sprach er weiter.

Einsichtig blickte ich zu ihm und zog meinen rechten Mundwinkel nach oben.

»Lass mich dieses Fundament sein…«, flüsterte er mit einer leichten Nervosität in seiner Stimme.

Überrascht blitzten meine Augen auf. Mein Inneres begann zu strahlen.

»Meinst du das ernst?«, fragte ich vorsichtig und lächelte.

»Ja, Lexi. Ich möchte uns eine Chance geben«, antwortete Ben mit sanfter Stimme.

Die Band meines imaginären Engelchores eilte herbei und unterstrich mein Glücksgefühl mit ihrem fröhlichsten Musikstück.

»Denkst du, du bist für eine Chaosfrau wie mich gewappnet?«

»Dich halte ich schon seit über zehn Jahren aus«, grinste Ben und gab mir einen kleinen Kuss auf die Stirn.

Ich schloss meine Augen und genoss seine zarten Lippen auf meiner Haut.

»Los jetzt, raus aus dem Bett meine kleine Chaotin«, lächelte Ben, »ich bring dich nach Hause, du hüpfst unter die Dusche und dann gehen wir shoppen! Bist du bereit?«

»Aber sowas von!«, strahlte ich und schlug die Federdecke zur Seite.

Nachdem ich zu Hause eine warme Dusche genommen hatte, schrieb ich Mia eine kurze SMS, um sie auf den neuesten Stand der Dinge zu bringen.

Ungeschminkt, in ein Handtuch gewickelt und mit nassen Haaren ging ich vom Bad aus in mein Schlafzimmer. Als ich an Ben vorbeilief, der auf dem Sofa saß, überdrehte ich meinen Kopf nach rechts.

»Was soll das?«, fragte er und grinste.

»Ich bin noch nicht gerichtet«, sagte ich, ohne ihn anzusehen.

»So fangen wir erst gar nicht an«, lachte Ben, sprang über die Sofalehne und kam zu mir.

Sacht legte er seine Hand an mein Kinn, drehte mein Gesicht zu seinem und grinste.

»Ich will, dass du so bleibst wie du bist. Denn genauso habe ich mich in dich verliebt…«, flüsterte er.

Tief blickten wir uns in die Augen und schwiegen. Eigentlich war dieser Moment nahezu ideal für unseren ersten Kuss. Doch ein unfassbar großer Schwall von Nervosität überkam mich. Meine Hände zitterten. Das irre Kribbeln in meinem Bauch hätte mich fast gar wie einen Presslufthammer davonhüpfen lassen.

So kannte ich mich nicht!

Jeden anderen Mann hätte ich in dieser perfekten Situation einfach niedergeknutscht. Nun stand ich wie eine steinerne Statue vor Ben und brachte kein einziges Wort mehr heraus.

Er kicherte.

»Warum so nervös meine Hübsche?«, fragte er amüsiert.

»Das ist alles noch etwas ungewohnt…«, lächelte ich und blickte verlegen zu Boden.

Ben legte seine Hände an meine Hüften und zog mich an sich. Ein irrer Adrenalinstoß schoss durch meine Magengrube! Bens unwiderstehlicher Charme ließ mich förmlich dahinschmelzen.

»Wir haben alle Zeit der Welt…«, flüsterte er.

Ich fühlte mich wie siebzehn. Wie eine absolute Anfängerin! Als hätte ich noch nie mit einem Mann geknutscht oder geschlafen.

Mein Innerstes schrie nach Ben. Ich konnte aber keinen einzigen Schritt weiter gehen!

Diesmal wollte ich nichts überstürzen…dafür war mir die Beziehung mit Ben einfach zu wichtig.

Ja – von diesem Tag an befanden sich zwei einst beste Freunde in einer ernsthaften, festen, von purer Liebe geprägten Beziehung.

Schmunzelnd blickte mir Ben hinterher, als ich mich verschüchtert aus seinen Händen befreite und ins Schlafzimmer ging.

Er grinste noch immer, als ich fertig gerichtet und angezogen wieder ins Wohnzimmer kam.

Mit seiner liebevollen Art und charmanten Zurückhaltung hatte er mir schon immer ein ganz besonderes Wohlbefinden geschenkt.

In Kombination mit unserer Verliebtheit und diesen wundervollen Glücksgefühlen, intensivierte sich dieses Empfinden um das Tausendfache!

Ben und ich kannten uns seit Jahren, dennoch war nun alles *neu* und so unfassbar aufregend.

Gekrönt wurde unsere frische Liebe durch ein sehr starkes Grundvertrauen, welches wir über all die Jahre aufgebaut hatten.

Diese Beziehung war anders...das fühlte ich vom ersten Moment an.

Vielleicht war es auch das erste Mal, dass ich vollkommen bereit für eine Beziehung war.

Bereit dafür mein Leben als Single oder meine überdimensional großen Freiräume, die ich mir während meiner vergangenen Partnerschaften bewahrte hatte, endgültig beizulegen.

Mit einem verliebten Grinsen auf den Lippen schwangen wir uns in Polly. Ich vertraute Ben so sehr, dass er meinen kleinen Liebling fahren durfte.

»Keine Angst Polly...«, flachste ich und tätschelte ihr Armaturenbrett, »Ben ist ein sehr guter Fahrer.«

»Jedenfalls werde ich dich nicht unter einer Feuerleiter parken Polly«, grinste Ben.

»Er redet mit meinem Auto...ein Traummann mit Sternchen...«, schoss es mir durch den Kopf. Innerlich freute ich mich wie ein kleines Kind. Überglücklich strahlte ich Ben an.

»Alles okay?«, fragte er und lächelte.

»Mehr als das...«, antwortete ich, »ich bin so wahnsinnig verliebt in dich...«

»Du bist süß...«, flüsterte Ben und näherte sich langsam meinen Lippen, »darauf habe ich schon so lang gewartet...«

Mein Magen zog sich zusammen, als er mir sacht in

die Haare griff, um mein Gesicht zu seinem zu führen. Ich schloss meine Augen. Langsam kam mir Ben näher und näher…

Nervös und gespannt zugleich wartete ich auf das zärtliche Aufeinandertreffen unserer Lippen.

Doch auch der zweite, perfekte Moment für unseren ersten Kuss missglückte.

Ein ebenfalls verliebt lächelndes Paar, das direkt an Polly vorbei ging, erweckte urplötzlich meine Aufmerksamkeit.

Hand in Hand schlenderten Tanya und Luca die Golden Ave entlang. Vor lauter Gekicher und Liebesgesäusel hatten sie Ben und mich nicht bemerkt.

Erst irritierte es mich, die beiden zusammen zu sehen, doch dann überkam mich ein einsichtiges Lächeln.

Entspannt drehte ich mich wieder zu Ben, der mich etwas überrascht und zugleich misstrauisch anblickte.

»Keine Angst, alles ist gut so wie es ist…«, lächelte ich und gab ihm somit zu verstehen, dass Luca in meinem Leben keine Rolle mehr spielte.

Wir fuhren in das große Einkaufscenter von Jersey City.

Ben machte sich einen Spaß daraus, Polly übervorsichtig rückwärts einzuparken und veräppelte mich. Belustigt stiegen wir aus dem Wagen und starteten unseren Shoppingtag.

Pausenlos quatschend flanierten wir durch sämtliche Läden des Centers. Wir probierten die absurdesten Outfits an, betrachteten uns gegenseitig und brachen in schallendem Gelächter aus.

Schelmisch grinsend verschwand ich mit einem Bikini

in der Umkleide und probierte ihn.

Selbstsicher zog ich den Vorhang zurück und präsentierte mich in einem Hauch von Nichts.

»Und? Gefalle ich dir?«, machte ich mir einen Spaß aus der Situation.

»Ähm ja…ja auf jeden Fall!«, sagte Ben, um überhaupt etwas zu sagen und wusste nicht wohin mit seinen Blicken. Mit hochrotem Gesicht kratzte er sich verlegen am Hinterkopf.

Ich lachte auf und zog den Vorhang wieder zu.

»Den musst du mir noch einmal ganz in Ruhe vorführen«, grinste Ben, als ich aus der Kabine kam, und nahm mir den Bikini ab.

Er zahlte, legte seinen Arm um meine Schulter und führte mich verliebt grinsend aus der Boutique.

»Die Socken gehen aber auf mich«, meinte ich, schnappte mir seine Hand und zog ihn in den nächsten Laden.

»Puh, ich kann nicht mehr…«, schnaufte Ben, ließ sich auf ein kleines Bänkchen im Mittelgang des Centers fallen und stellte die Tüten neben sich ab.

Geschafft setzte ich mich zu ihm.

»Nach diesem Shoppingmarathon haben wir uns eine ordentliche Ladung Entspannung verdient, was meinst du?«, fragte er und blickte zu mir.

»Was?«, antwortete ich etwas lauter. Zwischen all den Menschen, die an unserer Bank vorbei gingen, hektisch telefonierten, in Eile von einem Laden zum anderen hasteten oder ihr weinendes Kind beruhigten, hatte ich Ben kaum verstanden.

»Therme?«, rief Ben.

»Oh ja!«, grinste ich.

»Das war ein irre schöner Tag mit dir, Lexi.«

»Was hast du gesagt? Es ist so unfassbar laut hier...«

»Es ist schön mit dir!«, wiederholte er und rückte näher zu mir.

Ein Herr in einem schwarzen, eleganten Frack hatte neben uns am Klavier Platz genommen. Da er nun überlaut zu klimpern begann, verstand ich Ben überhaupt nicht mehr.

»Ben, ich verstehe dich nicht!«, rief ich und lachte.

Er grinste und rückte nochmals ein Stück zu mir. Tief sah er mir in die Augen und umschloss meine Hand in seiner.

Als er sich langsam meinen Lippen näherte, schlug mir das Herz bis zum Halse. Dieses sanfte, fast gar angenehme Krampfen überkam mich. Unaufhaltsam breitete es sich in meiner Magengegend aus.

Sacht legte Ben seine Hand an meine Wange und schenkte mir einen letzten, intensiven Blick, bevor sich unsere Lippen trafen.

Die Welt um uns herum stand still, als wir in einem zärtlichen, innigen Kuss versanken.

Die Hektik der vielen Menschen war wie ausgeblendet. Ich konnte die kleinen Kinder nicht mehr lachen, schreien oder gar weinen hören. Kein lautes Lachen, Telefonieren oder das Klaviergeklimper drang mehr zu mir durch...

Nichts um mich herum nahm ich noch wahr, so sehr fesselte mich unser allererster Kuss.

Ich versank in einer anderen Welt...mitten in dem übervollen Einkaufscenter, zwischen der wuselnden Menschenmasse, auf unserer kleinen Bank – der perfekte Moment, der perfekte erste Kuss!

»Hast du mich jetzt verstanden?«, lächelte Ben, als er sich sacht von meinen Lippen löste und mir wieder in die Augen blickte.

»Mehr musst du nicht sagen…«, antwortete ich verliebt. Ganz benommen und überwältigt von unseren Gefühlen zueinander saßen wir noch eine ganze Weile auf der kleinen Bank und genossen es einfach nur beieinander zu sein.

»Es ist schon ziemlich spät«, meinte Ben, als wir in Polly aus dem Parkhaus des Centers fuhren, »am besten ich bringe dich nach Hause, du packst deine Sachen für die Therme und ich hole dich um halb acht wieder. Einverstanden, meine Hübsche?«

»Einverstanden«, lächelte ich.

In Gedanken ging ich bereits Schritt für Schritt die nächste Stunde durch.

Bis Ben mich abholte, hatte ich noch Einiges zu tun!

»Bleib sitzen«, meinte Ben, als er vor meiner Wohnung hielt. Er lächelte, stieg eilig aus dem Wagen, hastete um Polly und öffnete mir charmant die Beifahrertür.

Um keine Zeit zu verlieren, verabschiedete ich mich schnell mit einem flüchtigen Kuss, schnappte mir meinen Schlüssel und stürmte nach oben.

Ben schmunzelte und lief zu seinem Wagen.

Von der Hektik, die nun oben in meiner Wohnung ausbrach, hatte er nicht die leiseste Ahnung.

Noch im Flur schlüpfte ich aus meinen Klamotten. Mit dem linken Fuß blieb ich ungeschickt im Hosenbein stecken. Auf einem Bein hüpfte ich ins Badezimmer, schliff meine Jeans hinter mir her und zog eilig meinen BH aus.

Hastig schüttelte ich die Hose von meinem Fuß, griff nach meiner Zahnbürste und sprang nervös unter die Dusche.

Mit der rechten Hand putzte ich mir die Zähne, mit der Linken rasierte ich mir die Beine.

Rasch spülte ich meinen Mund unter dem Wasserstrahl aus. Zur Sicherheit rasierte ich erneut über meine Beine.

Triefendnass sprang ich aus dem Bad, rutschte fast gar auf dem Fließboden aus und verschwand blitzschnell im Schlafzimmer. Während ich meine Haut an der Luft trocknen ließ, um einen Rasurbrand zu vermeiden, packte ich fix meine Badetasche.

Mein Handy piepste. Eine Nachricht von Tanya erschien auf dem Display:

»Hey Wrap! Habe von Mia erfahren, dass deine Stabfeuerzeugwanderung letztendlich zum Ziel geführt hat :)«

»Das war alles so geplant :)«, schrieb ich zurück und grinste.

»Ihr seid also nun tatsächlich ein Paar?«

»Ja <3 <3 <3 ich kann es selbst noch nicht glauben!!«

»Das freut mich wirklich für dich! Ihr passt einfach perfekt zusammen.«

»Ihr auch...habe euch beim Spazierengehen gesehen«, antwortete ich Tanya und spielte auf Luca an.

»Danke...es ist wirklich sehr schön mit ihm. Und es ist auch wirklich in Ordnung für dich?«

»Nat ü rlich :)Es ist alles okay!«

»:)«

Es freute mich wirklich, dass Tanya ebenfalls glücklich verliebt war.

Daran, dass gerade Luca ihr Auserwählter war, würde ich mich schon gewöhnen, dachte ich und legte grinsend mein Handy beiseite.

Mühevoll versuchte ich den Reißverschluss meiner übervollen Badetasche zu schließen.

Nach mehreren, missglückten Versuchen nahm ich eines meiner beiden Ersatzhandtücher wieder heraus. Ebenso den Ersatzbikini, die Ersatzsocken, die Ersatzjeans, ein Ersatzoberteil, noch ein Ersatzoberteil und meine kleine Auswahl an diversen Spitzendessous.

Ich entschied mich für das Wichtigste, legte es zurück in die Tasche und zog zufrieden den Reißverschluss zu.

Kurze Zeit später wartete ich ungeduldig am Straßenrand auf Ben.

Ich war ganz hibbelig und tippelte nervös auf der Stelle. Als Bens Wagen dann endlich in die Golden Ave einbog, hatte ich mich kaum mehr unter Kontrolle. Meine Hände begannen unaufhaltsam zu zittern. Ich grinste wie ein Honigkuchenpferd und wagte es kaum mehr zu atmen. Wäre es möglich gewesen, wären vermutlich kleine Herzchen aus meinen Augen heraus in den Himmel gestiegen.

»Hallooo...«, begrüßte ich Ben mit viel zu hoher Stimme und stieg in sein Auto.

»Hallo Hübsche!«, grinste er. »Du duftest aber gut,

hast du etwa noch geduscht?«

»Nein, neeeein, vor der Therme duschen? Wie unsinnig wäre denn das?!«, quietschte ich weiter.

Ich konnte meine Gesichtszüge, die noch immer zu einem überbreiten Grinsen entgleist waren, einfach nicht bändigen. Bis über beide Ohren strahlend saß ich neben Ben und versuchte meine Nervosität unter Kontrolle zu bringen.

»Warum so aufgeregt?«, bemerkte Ben meine Unruhe.

»Hach…«, zwitscherte ich fröhlich, »du und ich gemeinsam im Whirlpool…das ist einfach alles noch so aufregend!«

»Wir waren schon oft gemeinsam in der Therme?!«

»Ja, aber nicht *so* – als Paar.«

Ben grinste.

»Entspann dich einfach Lexi. Ist doch schön, dieses nervöse Kribbeln am Anfang. Das habe ich auch.«

»Wirklich?«

»Ja natürlich, was denkst du denn?«

Verliebt lächelten wir uns an.

»Lass uns losfahren«, meinte Ben, »ich muss noch kurz tanken.«

Während er zur Tankstelle fuhr, versuchte ich meine übergroße Badetasche im Fußraum zu verstauen. Etwas ungeschickt stopfte ich sie zwischen meine Beine.

Ben, der inzwischen das Auto betankte, beobachtete, wie ich unbeholfen nach einem freien Plätzchen für meine Füße suchte. Ungeschickt platzierte ich diese erst links und rechts von meiner Tasche und stellte sie letztendlich darauf.

»Leg die Tasche doch einfach in den Kofferraum«, grinste Ben, »ich gehe kurz bezahlen.«

»Der Kofferraum...aber natürlich«, dachte ich etwas peinlich berührt. Es schien, als würde sich meine steigende Nervosität auf die Aktivität meiner Hirnzellen auswirken.

Ich stieg aus, wuchtete meine Tasche aus dem Fußraum und lief um das Auto. Als ich mein Gepäck zufrieden in Bens Kofferraum verstaut hatte, fiel mir ein zugeknoteter, praller Altkleidersack auf.

Kurzentschlossen schnappte ich mir diesen und verfrachtete ihn in einem Sammelcontainer, gleich neben der Tankstelle.

Ben, der gerade wieder zu seinem Auto lief, blickte kritisch in meine Richtung.

»Ich dachte, ich mache mich etwas nützlich und entsorge noch schnell deine Altkleider...«, rief ich ihm entgegen und lächelte.

Etwas unbehaglich lächelte Ben zurück. Als ich zu ihm in den Wagen stieg, bemerkte ich seinen skeptischen Gesichtsausdruck.

»Was ist?«, fragte ich irritiert.

»Das war der Plastiksack aus dem Kofferraum, nicht wahr?«, fragte er.

»Ähm...ja?«, antwortete ich vorsichtig.

Ohne zu wissen, in was für ein Fettnäpfchen ich nun schon wieder getapst war, stieg mir die Schamesröte ins Gesicht.

»Du hast soeben dein Erbrochenes gespendet«, erklärte Ben und prustete los, »in dem Beutel waren meine Rotweinsportsocken.«

»Ouh...«, sagte ich kurz und blickte verlegen zu Boden.

Ben lachte laut auf.

Schnell wurde aus meinem erst zögerlichen Grinsen ebenfalls ein schallendes Gelächter.

Die Tränen quollen uns aus den Augen, als wir schließlich in Richtung Therme fuhren.

Es war schon dunkel.

Der Weg zum Eingang der Schwimmhalle war mit kleinen Lichtchen umsäumt. Hinter dem beleuchteten Gebäude stieg ein weißer Nebelhauch aus den dampfenden Becken in den Himmel hinauf.

»Ah, das wird gemütlich«, lächelte Ben und rieb seine Handflächen aneinander.

»Du bist eingeladen«, sagte ich schnell, »als Wiedergutmachung für letzte Nacht.«

Da er wusste, dass es nichts bringen würde mir zu widersprechen, willigte er kurzerhand ein.

Ich bezahlte, nahm die zwei schwarzen Armbänder der Schließfächer entgegen und ging durch das Drehkreuz.

»Treffen wir uns nach dem Duschen wieder?«, fragte Ben und stellte seine Tasche in einer der Kabinen ab.

Ich nickte und suchte mir ebenfalls eine freie Kabine.

Aufgeregt zog ich meine Klamotten aus und kramte nach meinem Bikini.

Kritisch betrachtete ich mich nochmals im Spiegel und inspizierte meine Achselhöhlen.

Kein Härchen war zu sehen. Zufrieden knotete ich mein Haar zusammen und wickelte ein Handtuch um meinen Körper.

Mühevoll stopfte ich meine große Badetasche in eines der Schließfächer. Schnell duschte ich mich ab.

Mit einem mulmigen Gefühl im Bauch wartete ich in der Schwimmhalle auf Ben.

Zu unserem Glück waren kaum Besucher in der Therme. Ohne Hektik, konnten wir uns auf einen entspannten Abend freuen – dachte ich.

Zärtlich griffen zwei starke Hände von hinten an meine Hüften.

»Hey…«, flüsterte Ben und gab mir einen sanften Kuss auf die Wange.

»Hey«, grinste ich und drehte mich zu ihm.

»Außenwhirlpool oder Rotlichtgrotte?«, fragte er.

»Außenwhirlpool«, antwortete ich wohlwissend, dass mir die Rotlichtgrotte doch etwas zu »heiß« für unser erstes *Date* vorkam.

»Na dann«, meinte Ben und nahm das Handtuch von seinen Hüften. Gefaltet legte er es in einem der kleinen Fächer im Badebereich ab.

Flink ließ ich meine Augen über seinen Körper huschen.

»Hast du trainiert?«, fragte ich und starrte überrascht auf seinen muskulösen Oberkörper.

»Ein wenig…«, grinste Ben, »gefällt es dir?«

»Oh ja…«, sagte ich etwas leiser.

Beeindruckt folgte ich ihm in den ersten, etwas größeren Pool, welcher nach draußen führte.

Bens Anblick hatte mich fasziniert und komplett gefesselt. Ihn aus der »Freundinnensicht« zu sehen war doch etwas Anderes.

Er gefiel mir nicht nur, sein Anblick machte mich fast irre!

Anders als bei Luca, empfand ich einen unglaublichen Stolz. Ich war stolz darauf, zu Ben zu gehören – mit ihm *richtig* zusammen zu sein.

Gemeinsam schwammen wir durch das kühle Wasser
in die Nacht hinaus. Fackeln umsäumten die einzelnen, wohlig dampfenden Becken. Ben reichte mir
seine Hand und geleitete mich die Stufen aus dem
Pool hinauf.

»Brrr, ist das kalt...«, sagte ich und schüttelte mich.
Ben lächelte. Seine Blicke, die angetan über meinen
nassen, halbnackten Körper schweiften, blieben mir
nicht verborgen.

»Ich glaube, mir ist genauso heiß wie dem Thermo-
meter im Whirlpool...«, staunte er.

Ich lachte und ging an ihm vorbei.

»Oh, das ist schön warm...«, lächelte ich zufrieden, als
ich in den kleinen, sprudelnden Pool stieg.

Ben folgte mir.

»Warum der Abstand?«, fragte ich, als Ben sich zu
mir setzte. Es hätte gut noch eine Person zwischen
uns Platz gefunden.

»Ich muss mich gerade etwas beruhigen«, grinste
Ben, »du bist der Wahnsinn, Lexi. Dein Körper...deine
Figur...du bist der Hammer.«

»Danke...«, lächelte ich verlegen.

Zaghaft streckte Ben unter Wasser seine Hand nach
meiner aus und umschloss meine Fingerspitzen.

Ich genoss das warme Sprudeln, legte meinen Kopf in
den Nacken und ließ die lauschige Atmosphäre auf
mich wirken.

Die sexuelle Spannung, die zwischen Ben und mir
aufgekommen war, konnte ich dennoch nicht mehr
aus meinen Gedanken vertreiben.

Da mich als Frau nichts *Aufsteigendes* in meiner Badehose verraten konnte, ließ ich meiner Fantasie freien Lauf.

Still und heimlich fragte ich mich, wie es wäre mit Ben zu schlafen, stellte mir vor, wie er sich wohl anfühlen würde…

Daran, dass es bei uns im Bett nicht passen könnte, brauchte ich erst gar nicht zu denken.

Sex war unter anderem eines unserer Lieblingsthemen, über das wir bereits vor unserer Beziehung zur Genüge diskutiert hatten.

Ich kannte all seine Vorlieben und Wünsche…

Nie hätte ich gedacht, dass eines Tages ich selbst diejenige sein würde, die sie auch wahr werden ließ…

In Gedanken verloren begann ich plötzlich zu kichern.

»Warum lachst du?«, fragte Ben und blickte zu mir.

»Es ist nichts….«, antworte ich mit geschlossenen Augen und grinste.

»Sag schon…«, lächelte er.

Ich blickte zu ihm.

»Ich zeige es dir…«, flüsterte ich und schmunzelte.

Bis zum Kinn, ließ ich mich unter Wasser sinken und schwamm mit einem Zug zu ihm. Ben beobachtete mich amüsiert.

Zart griff er an meine Oberarme, etwas kraftvoller zog er mich zu sich.

Kurz berührten sich unsere Lippen. Tief blickten wir uns dann in die Augen. Der aufsteigende Wasserdampf perlte auf meinen erhitzten Wangen ab. Winzige Wassertropfen rollten über meine Haut, meinen leicht geöffneten Mund und über mein Dekolleté.

Den nächsten Tropfen küsste mir Ben zart von den Lippen….

Nach mehr verlangend griff er in mein feuchtes Haar und presste mich fester an sich.

Unsere Küsse wurden immer heftiger. Mir wurde heiß, heißer und heißer...

Unter Wasser schlang ich gerade meine Beine um seine Hüften, als plötzlich ein weiterer Badegast in den Whirlpool stieg und uns kritisch beäugte.

»Komm, lass uns woanders hingehen«, flüsterte Ben in mein Ohr.

Ich nickte und grinste.

Schnell huschten wir aus dem Becken und sprangen zum anderen Ende des Außenbereichs. Hier grenzte die Wellnessanlage an.

»Das Gebäude ist bereits geschlossen, steht hier...«, sagte ich, als ich das Schild am Eingang entdeckte.

»Die Tür lässt sich aber öffnen«, meinte Ben, drückte die Klinke hinunter und zuckte mit den Schultern.

»Sollen wir das nicht lieber lassen?«, fragte ich unsicher, als er nach meiner Hand griff und mich hinein zog.

»Keine Lust auf ein Abenteuer?«, grinste Ben und ging entschlossen weiter.

Ein verschmitztes Lächeln war meine Antwort. Ich folgte ihm.

Nur der rötliche Schein der beleuchteten Solarien, welcher durch die kleinen Spalten der Kabinentüren drang, warf etwas Licht in den ersten Raum.

Noch immer war mir etwas mulmig zu Mute, als Ben eine weitere unverschlossene Tür öffnete.

Vorsichtig folgte ich ihm und lugte in den dunklen Raum hinein.

Ben griff nach ein paar Kerzen und Streichhölzern, die

auf dem Regal neben den Handtüchern lagen. Er stellte die flackernden Lichter um den etwas kleineren, gefüllten Whirlpool und schloss die Tür.

»Unser ganz privates Spa«, grinste er, »das Wasser ist noch ganz warm…«

Angetan von dem wohligen, romantisch eingerichteten Räumchen ließ ich mich von seiner verbotenen Idee hinreißen.

Die wild tanzenden Flammen der Duftkerzen, die Ben nun überall im Raum aufstellte, verteilten ihr liebliches Vanillearoma.

Die Augen einer gezeichneten Geisha an der fliederfarbenen Wand, waren die Einzigen, die uns beobachteten.

Zur Sicherheit ließ ich dennoch, den silberfarbenen Stahlrollo herunter, der direkt über dem Whirlpool vor dem Fenster hing.

Zaghaft stieg ich zu Ben in die Wanne…

»Entspanne dich…«, flüsterte er zart.

Ich lehnte mich vorsichtig gegen die Wannenwand. Ungeschickt stieß ich mit dem Kopf gegen den Rollo.

»Pass auf…nicht, dass sich dein Haar darin verfängt«, hauchte Ben und streichelte sacht über meine Wange.

Das Wasser ließ seinen muskulösen Körper auf mir fast gar schwerelos erscheinen.

Es war ein unfassbar tolles Gefühl ihn so nah bei mir zu haben. Zärtlich küssten wir uns, zum allerersten Mal ließ ich meine Fingerspitzen über seinen nackten Rücken gleiten.

Als ich etwas fester um seine Hüften griff und sein Becken an meines drückte, vergaß ich die Welt um mich herum.

Mit Ben war alles anders als bisher…

Weder schämte ich mich, noch war es mir unangenehm, als er mir mein Bikinioberteil auszog, meine Brustwarzen küsste und meinen Körper erforschte.

Ich genoss es, als er seine Hand an meinem Körper hinuntergleiten ließ und fest an meinen Hintern griff. Ben durfte das. Vor ihm hatte ich keinerlei Selbstzweifel.

Er küsste mich vom Hals abwärts nach unten, spielte zart mit seiner Zunge an meinem Bauchnabel.

Mein Puls raste wie noch nie zuvor. Kein Mann hatte mir je so ein unbeschreibliches Gefühl geschenkt. Es war ein Mix aus Vertrautheit, Vorsicht, Anmut und purem Verlangen…

Ben gab mir das Gefühl federleicht und die schönste Frau auf Erden zu sein.

Jede einzelne seiner Berührungen war so unfassbar zart und dennoch gierig. Er war sehr direkt und respektvoll zugleich…die perfekte Mischung, welche mir nach und nach den Verstand raubte und mich komplett vergessen ließ, *wo* ich mich im Moment befand.

»Ich will dich…«, flüsterte er sacht in mein Ohr.

Ohne zu zögern, gab ich seinem sanften Drängen nach. Unter Wasser streifte ich mir mein Bikinihöschen von den Schenkeln. Zart zog ich Ben wieder an mich.

Meine Theorie, der allererste Sex mit einem neuen Partner könne nur in einer Vollkatastrophe enden, wurde an diesem Abend widerlegt.

»Oh, oh…das geht nicht lange gut«, stieß ich hervor, als Ben noch nicht einmal richtig losgelegt hatte und krallte mich an seinen Schultern fest.

Schon in den ersten Sekunden musste ich mich mehr als zusammenreißen, um vor Lust nicht das komplette Badezentrum zusammen zu schreien.

Was Ben in dieser Nacht mit mir machte, konnte nicht von dieser Welt sein – es war perfekt!

Jede Faser meines Körpers krampfte sich zusammen, ich kniff meine Augen zu.

Ich presste meine Lippen fest aufeinander, um nicht zu laut zu werden, was leider nicht ganz funktionierte.

Als ich aufstöhnte, drückte mir Ben blitzschnell seine Hand auf den Mund. Es war, als hätte ich die komplette Kontrolle über meinen Körper verloren. Aus Reflex griff ich mitten in die Streben des Rollos hinter mir. Mit einem kräftigen Ruck riss ich diesen nach unten.

Mit viel Geklirre und Geklimper krachten die schweren, scharfen Stahlkanten auf Bens Rücken. Ganz und gar nicht vor Lust schrie er auf und riss seinen Kopf in den Nacken. Mit schmerzverzerrtem Gesicht griff er sich an seine blutverschmierte Schulter.

»Oh mein Gott, Ben! Es tut mir so leid!«, rief ich erschrocken.

Schnell sprang ich aus der Wanne, griff nach einem Handtuch und presste es auf die tiefe Schnittwunde, die zwischen Bens Schulterblättern klaffte.

»Geht es?«, fragte ich vorsichtig.

»Ist schon gut«, sagte Ben kurz und griff sich abermals an den Rücken.

»Steig erstmal aus der Wanne und trockne dich ab. Du musst ins Krankenhaus...«, sagte ich besorgt.

»Zu allererst müssen wir das Zimmer aufräumen, Lexi«, meinte Ben.

Mit gekrümmtem Rücken räumte er die Kerzen zurück in das Regal. Er fischte den verbogenen Rollo aus der Wanne und legte ihn zu Boden.

Gerade wollte ich das blutverschmierte Handtuch in der Wäschetonne verstauen, als Ben blitzschnell nach meiner Hand griff und mich aufhielt.

»Psst! Sei leise! Da kommt jemand!«, flüsterte er und lauschte angestrengt.

Dumpfe Schritte näherten sich der Tür.

»Hallo? Ist da wer?!«, rief eine männliche Stimme.

»Oh mein Gott, Ben, was machen wir denn jetzt?«, flüsterte ich angespannt. Im Dunklen konnte ich meinen Bikini nicht finden. Aus Verzweiflung schnappte ich mir zwei schwarze Wellnessanzüge, die eigentlich für Gäste bestimmt waren. Hastig schlüpfte ich in die Hose, warf Ben den zweiten Anzug zu und stülpte mir eilig das dunkle Sweatshirt über.

»Und nun?«, fragte ich.

»Zum Fenster hinaus!«, flüsterte Ben nervös.

Zeitgleich hasteten wir los, stiegen auf den Rand des Whirlpools und öffneten das Fenster.

Doch als wir gerade nach draußen steigen wollten, ging die Tür auf. Der Wachmann des Badezentrums trat ein und knipste eilig das Licht an.

Wie versteinert verharrten wir in der Position, in welcher wir uns gerade befanden und trauten uns kaum mehr zu atmen.

Eiskalt lief es mir den Rücken hinunter.

»So, so, wen haben wir denn da. Auf frischer Tat ertappt würde ich sagen. Niemand verlässt den

Raum!«, rief der Wachtmeister, ein kleiner, dicker Mann in Shorts, Badelatschen und mit Quakstimme. Zynisch grinsend griff er nach seinem Funkgerät, als wir zurück in das Zimmer kletterten.

»Hmja, Simon«, quakte er überwichtig hinein und blickte mir dabei streng in die Augen, »wir haben hier zwei Einbrecher. Die Polizei bitte, danke. Over!«

»Polizei?«, rief ich völlig entsetzt.

»Bitte, ähm, *Hermy*«, las Ben vom Namensschild des Wachmanns ab und versuchte die pikante Situation aufzuklären, »wir sind keine Einbrecher. Die Türen standen offen. Wir sind zum ersten Mal in diesem wirklich hervorragendem Badezentrum und dachten, dieser Raum steht zur freien Verfügung.«

»Hmmmja…«, machte Hermy wieder und runzelte seine Stirn, »und warum besuchen Sie unsere Anlage durch das Fenster?«

Ben schluckte. Er schluckte ein weiteres Mal, als Hermy den verbogenen Rollo am Boden erblickte.

»Zwei schwarzgekleidete Personen, ein Mann und eine Frau, die durch das Fenster in unsere Räumlichkeiten eindringen wollten. Einbruch und Sachbeschädigung. Over!«, quakte er erneut in sein Funkgerät.

Ich resignierte. Schwer seufzend setzte ich mich auf den Wannenrand, rollte mit den Augen und wartete auf die Polizei.

Wenig später wurden Ben und ich wie zwei Schwerverbrecher in Handschellen abgeführt.

»Ben…es tut mir so leid. Ich habe uns den ganzen Abend ruiniert…«, sagte ich leise. Betroffen, zutiefst peinlich berührt und sogar etwas traurig saß ich ne-

ben Ben auf einer kleinen Bank vor dem Polizeirevier.
Nach drei Stunden hatten uns die Polizisten endlich
Glauben geschenkt, gaben unsere privaten Sachen
wieder frei und ließen uns gehen.
Müde blickte Ben mich an.
»Wer hat dich nochmal in den eigentlich geschlosse-
nen Bereich geführt?«, meinte er entschuldigend.
Zaghaft lächelte ich und blickte wieder zu Boden.
Wir schwiegen.
»Weißt du, eigentlich bereue ich gar nichts«, sagte
Ben urplötzlich und drehte sich zu mir, »das war ein
sehr, sehr schöner, aufregender Abend, Lexi.«
»Aber Ben«, begann ich zu zweifeln, »immer verbrei-
te ich Chaos und alles läuft schief, hätte ich nicht
diesen blöden Rollo runtergerissen, dann...«
»Lexi«, unterbrach Ben meine hektischen Worte und
blickte mir eindringlich in die Augen, »es war wun-
derschön!«
Ich sagte kein weiteres Wort. Ich sah Ben einfach nur
an. Das allein reichte aus, um wieder sicheren Boden
unter meinen Füße zu spüren.
»Ja – es war wunderschön«, grinste ich.
Erleichtert küsste ich ihn. Nie hätte Ben mir ein Missgeschick oder meine Tollpatschigkeit vorgeworfen. Er
stand immer hinter mir.
»Ich liebe dich so wie du bist...«, sagte er.
»Ich hoffe dennoch, dass ich irgendwann den Titel
»Choas-Queen« wieder loswerde...«, sagte ich zynisch und schnaubte.
»Nein wirklich, Lexi....ich liebe dich so wie du bist!«,
wiederholte Ben mit einem plötzlichen Leuchten in
seinen Augen, das ich so noch nie zuvor bei ihm ge-

sehen hatte.

»Ich liebe deine Macken, deine süße Tollpatschigkeit, deine manchmal echt schräge, verpeilte Art…«

»Ein nettes Kompliment…«, lachte ich.

»Ganz ehrlich, Lexi, du bist alles was ich jemals gewollt habe…«

Nun klangen Bens Worte ungewohnt ernst….etwas zu ernst für meinen Geschmack.

Er zögerte einen Moment, dann stand er entschlossen auf. Er drehte sich zu mir und atmete tief durch.

»Was kommt jetzt?«, fragte ich überrascht und wich ein kleines Stück zurück.

»Lexi…wir sind noch keine 24 Stunden zusammen, aber dennoch schon über zehn Jahre beieinander…«, sagte er mit leiser Stimme…bevor er dann langsam auf die Knie ging.

»Ben…«, stammelte ich irritiert, als er nach meiner Hand griff und mir tief in die Augen sah.

»Du, nur du, bist die Frau meines Lebens. Keine kennt mich so wie du und keine wird mich je so kennenlernen. Lexi, ich habe mit dir einen großen Teil meines Leben verbracht, lass uns auch den Rest gemeinsam verbringen. Alexandra Max…willst du mich heiraten?«

Mit Tränen in den Augen und offenstehendem Mund sah ich ihn völlig verblüfft an.

»Ist das dein Ernst?«, fragte ich mit zitternder Stimme.

Ben lächelte. Hektisch begann er in seiner Badetasche zu kramen, zog seinen Autoschlüssel hervor und drehte einen kleinen Schlüsselring ab.

Ehrenvoll streifte er mir diesen über den Finger.

»Mein voller Ernst!«, lächelte er und küsste meinen Handrücken. »Und? Was sagst du?«

»Ja!«, strahlte ich. »Ja, Ben. Ja ich will!«, brach es dann aus mir heraus. Überglücklich fielen wir uns in die Arme.

Ohne jeglichen Zweifel wollte ich mit Ben den Rest meines Lebens teilen.

Erst als Sassis Wagen vor der Polizeiwache hielt, lösten wir uns wieder voneinander. Mitten in der Nacht hatte ich sie aus dem Bett geklingelt und sie gebeten uns abzuholen.

Mit ernster Miene stieg Sassi aus ihrem Auto. Eilig stöckelte sie auf die Wache zu. Als sie Ben und mich in unseren schwarzen Anzügen erblickte, blieb sie abrupt stehen.

»Ich will es gar nicht wissen!«, sagte sie streng.

Kritisch betrachtete sie den durchsichtigen Plastikbeutel in meiner Hand, in dem sich mein nasser Bikini befand. Ben kicherte. Grinsend gab ich ihm einen kleinen Stoß in die Rippen. Artig folgten wir Sassi, die uns leicht wütend zum Gehen aufforderte. Als ich die Autotür öffnete, entdeckte sie den kleinen, silbernen Schlüsselring an meinem Finger. Verdutzt blickte sie mich an.

»Ich will es NICHT wissen!«, wiederholte Sassi mit Nachdruck, stieg in den Wagen und startete wortlos den Motor. Auf der Rückbank lächelten Ben und ich uns verliebt an. Zart strich er über den silbernen Ring, umschloss meine Hand und blickte mir tief in die Augen…

Kapitel 11

Meilenstein
(Oder: Freundinnen fürs Leben!)

Der nächste Morgen brach an. Eng an Ben gekuschelt blinzelte ich den ersten Sonnenstrahlen entgegen. Durch das gekippte Fenster wehte mir die kühle Novemberluft um die Nase. Ich gähnte und streckte mich ausgiebig. Noch etwas verschlafen rieb ich mir die Augen und blickte zu Ben, der noch selig vor sich hin schlummerte.

Ein zufriedenes, glückliches Lächeln huschte über meine Lippen, als ich ihn beim Schlafen beobachtete. Mit einem zärtlichen Kuss auf seine Wange weckte ich ihn.

Er gab ein leises Grummeln von sich, blickte mich kurz an und zog mich an seine Brust.

»Es ist noch viel zu früh zum Aufstehen, Liebes...«, nuschelte er und rieb seinen Kopf am Kissen.

Ich grinste, stieg aus dem Bett und ging ins Badezimmer.

Wie selbstverständlich ließ ich die Tür einen Spalt offen. Ich verzichtete auf meinen üblichen Schutzwall in der Toilette, ging duschen, putzte mir währenddessen die Zähne und trällerte danach ein kleines Liedchen.

Mit Handtuchturban auf dem Kopf und in meiner Lieblingsschlabberhose brühte ich uns zwei dampfende Tassen Instantkaffee auf.

Ben gab mir genau die Sicherheit, die manche Frauen

erst brauchen, um sich komplett ungeniert vor einem Mann bewegen zu können.

Verliebt grinsend drehte ich den Schlüsselring an meinem Finger hin und her. Noch immer konnte ich es nicht glauben, dass ich Ben schon bald heiraten würde, meinen einst besten Freund zum Mann nehmen würde. Ein Mann, der einfach perfekt zu mir passte, mich ergänzte, der zweite Teil meiner Seele war.

»Guten Morgen, Verlobte«, lächelte Ben, als er sich zu mir an den Küchentisch setzte.

»Guten Morgen, Verlobter«, kicherte ich und schob ihm die dampfende Kaffeetasse entgegen.

»Meinst du, wir sollten es den Anderen gleich erzählen?«, fragte ich und blickte auf meinen Ring.

»Du meinst nachher, beim Mittagessen, bei Tanya?«, meinte Ben.

Seine Frage löste einen unangenehmen Schauder in mir aus.

»Oh, das wollte ich dir noch sagen...«, begann ich und presste meine Lippen aufeinander, »das Mittagessen findet nicht direkt bei Tanya statt.«

»Das hätte mich auch gewundert«, meinte Ben, »Tanya und Kochen?!«

Gequält lächelte ich.

»Wo ist das Essen? Sag schon«, drängte mich Ben.

»Bei Luca...«, antwortete ich kurz und zögerte, »seine Mutter hat uns alle eingeladen. Sie möchte Lucas neuen Freundeskreis kennenlernen.«

»Oh«, antwortete Ben knapp.

»Du musst nicht mitkommen...«

»Doch, natürlich komme ich mit.«

»Fühl dich nicht gezwungen…«

»Ganz und gar nicht, Lexi. Ich habe kein Problem mehr mit Luca. Er gehört zu Tanya und du zu mir«, meinte er und strich über meinen Schlüsselring.

»*Das* müssen wir übrigens ändern«, sagte er dann.

»Was meinst du?«, fragte ich.

»Eine Frau wie du hat einen ganz besonderen, *richtigen* Ring verdient«, lächelte er.

»Ich brauche keinen überteuerten Ring«, lächelte ich zurück.

»Ich möchte aber, dass du einen bekommst«, antwortete Ben, gab mir einen kleinen Kuss auf die Stirn und verschwand im Badezimmer.

Ich trank meinen Kaffee aus und richtete mich.

Es war bereits kurz vor zwölf. Ich wollte pünktlich sein und begann zu drängeln.

Hand in Hand und gut gelaunt sprangen wir fünf Minuten später die Stufen des Treppenhauses hinab. Draußen lief ich zielstrebig auf Polly zu.

»Das ist jetzt nicht dein Ernst«, prustete Ben, »du willst die paar Meter mit dem Auto fahren?«

»Ja, natürlich«, sagte ich ganz selbstverständlich.

Grinsend schüttelte Ben seinen Kopf und griff nach meiner Hand.

»Spinnerin…«, flachste er im Weitergehen.

Eine halbe Minute später standen wir vor Lucas Haus. Als ich an der Tür klingelte, wurde mir nun doch etwas flau im Magen. An die missglückte Liaison mit Luca konnte ich mich noch allzu gut erinnern…

Die Haustür öffnete sich.

»Hey Lexi, komm rein, du weißt ja wo es lang geht«, begrüßte mich Luca in seiner gewohnt coolen Art.

Etwas missmutig zog Ben die Augenbrauen nach oben, als er Lucas Worte hörte.

Mit einem kühlen Handschlag begrüßte er ihn.

»Ich würde gerne mit dir sprechen, Ben«, meinte Luca etwas leiser und zog ihn zu sich.

Angespannt blickte ich zu Ben.

»Ist schon in Ordnung Lexi«, versicherte er mir.

»Ich gehe noch schnell auf die Toilette und warte dann hier auf euch«, sagte ich kurz.

Nicht zu wissen was Luca mit Ben zu besprechen hatte, passte mir überhaupt nicht. Ich konnte nur hoffen, dass Luca keine weiteren Machtkämpfe anzettelte oder womöglich irgendwelche Details unserer gemeinsamen Nacht auspackte.

Nervös wusch ich mir gerade die Hände, als ich plötzlich Lucas Stimme wahrnahm. Konzentriert lauschte ich, konnte das dumpfe Gemurmel aber nicht verstehen. Natürlich überlegte ich nicht lange und öffnete so leise wie nur möglich das kleine Toilettenfenster. Heimlich hörte ich das Gespräch mit.

»Hör zu Ben...«, meinte Luca und stocke kurz, »ich möchte nicht, dass etwas zwischen uns steht oder für Unruhe in der Clique sorgen. Du bist mit Lexi zusammen und ich mit Tanya. Ich wollte mich nicht einmischen. Sorry Kumpel. Du scheinst echt in Ordnung zu sein.«

Ich hörte Ben seufzen. Angespannt zupfte ich an einer Haarsträhne.

»Passt schon«, antwortete Ben und klopfte Luca zwei Mal auf die Schulter.

»Cool«, grinste Luca.

»Puuuhhh«, stieß ich erleichtert und in voller Lautstärke hervor. Beruhigt lehnte ich mich gegen die Toilettentür.

»Puh?«, erklang es fragend von draußen.

Erschrocken riss ich meine Augen auf.

»Oh…das Fenster…«, stammelte ich beschämt vor mich hin.

»Lexi? Hast du uns etwa belauscht?«, rief Ben etwas lauter.

»Nein, nein«, antwortete ich peinlich berührt und suchte leicht panisch nach einer Ausrede,

»ich meinte nur »puh!« hier stinkt es aber gewaltig! Wer hier wohl vor mir auf der Toilette war?«, rief ich nach draußen.

»Keiner?«, antwortete Luca und senkte seine Stimme.

»Äh…«, stotterte ich mit hochrotem Gesicht, »vielleicht war da wieder der Hund in eurem Garten und das Fenster war offen, als er sein Häufchen gemacht hat. Durchsuche lieber mal das Gebüsch…«, versuchte ich mich rauszureden.

»Sicher«, meinte Luca leicht ungläubig.

»Ein Hund also…«, empfing er mich breitgrinsend vor dem Gästeklo.

Ben schmunzelte vor sich hin und stieß neckisch an Lucas Schulter an. Etwas bedröppelt folgte ich den beiden in den Wohnbereich.

»Hallo Lexi, willkommen Ben«, begrüßte uns seine Mutter warmherzig.

»Fühlt euch ganz wie zu Hause«, forderte uns sein Vater auf, »Tanya Liebes, holst du unseren Gästen bitte etwas zum Anstoßen?«

»Aber klar, Dad!«, lächelte Tanya und eilte in den

Keller. Bereits nach dieser kurzen Zeit war Tanya zu einem Teil von Lucas Familie geworden.

Der neue »Halt« in ihrem Leben tat ihr gut. Sie wirkte ruhiger, ausgeglichener und glücklich.

Das Gleiche galt für Mia, die im Hintergrund ihrem Mike und Lucie beim Spielen zusah. Auch sie wirkte entspannter denn je, fröhlich und verliebt.

Doch ihr verträumtes Dauergrinsen verriet mir, dass sie irgendein Geheimnis vor uns verbarg. Etwas an ihr war anders an diesem Tag…

»Setzt euch doch bitte«, bat uns Lucas Mutter und nahm die Schale voll Schokokeksen vom Esstisch. Schnell stibitzte sich Tanya noch einen.

»Aber Schatz, es gibt doch gleich Mittagessen«, seufzte Luca, als Tanya lustvoll in den dicken Keks biss.

»Ich habe aber Hunger!«, entgegnete sie ihm.

»Dann nimm dir einen Apfel, das wäre sinnvoller«, meinte Luca.

»Warum? Macht doch beides »knack«, wenn man reinbeißt. Soviel Unterschied ist da nicht«, missachtete Tanya seine Worte. Selbstsicher schob sie sich den Rest des Gebäcks in den Mund.

Froh darüber, dass Tanya in gewisser Weise zurück zu sich selbst gefunden hatte, schmunzelte ich in mich hinein. Sie bot Luca Paroli und verstellte sich nicht mehr.

Kurz bevor Lucas Mutter dampfende Schüsseln mit Selbstgekochtem auf den Tisch stellte, klingelte es hektisch an der Tür. Es war Sassi, die sich etwas verspätet hatte.

»Entschuldigt bitte«, sagte sie völlig außer Atem.

Eilig nahm sie Platz und rückte ihren Stuhl zurecht. Sorgfältig breitete sie die weiße Stoffserviette über ihrem Rock aus und strich diese glatt.

»Ich hatte noch einen dringenden Anruf zu erledigen. Im Moment plane ich ein riesen Event. Die Weihnachtsfeier für das Stadtmagazin«, entschuldigte sich Sassi.

»Wow. Du organisierst deren Weihnachtsfeier?«, hakte ich beeindruckt nach.

»Ja richtig. Ungefähr achthundert Mitarbeiter sind eingeladen. Alles muss perfekt werden. Die Deko, das Essen, die Gastgeschenke nicht zu vergessen…«, plapperte Sassi überschwänglich weiter und brüstete sich.

»Es scheint gut zu laufen mit deiner Agentur«, freute sich Ben für sie.

»Oh ja, das tut es«, lächelte Sassi bestätigend.

Lucas Dad schenkte Sekt in die Kristallgläser und verteilte sie. Lucie, die zwischen Mike und Mia saß, trank ihren Orangensaft ebenfalls aus einem der kristallenen Gläser.

»Hast du endlich einen Namen für deine Firma gefunden?«, fragte ich Sassi.

»Ja«, antwortete sie stolz und erhob ihr Glas.

»Meine Lieben, lasst uns auf »Saskia T. Events, by Saskia Thorner« anstoßen! Auf den Erfolg! Wenn es weiterhin so saskiatastisch läuft, werde ich mir schon nächsten Monat einen Büroraum in New York mieten können.«

»Saskia…tastisch?«, fragte ich zweifelnd.

»Auf »Saskia T. Events«!«, rief Ben und prostete in die Runde.

»Auf Mami!«, rief Lucie urplötzlich und streckte mir ihr Glas entgegen.

Etwas irritiert blickte ich erst zu Lucie, dann zu Mia.

»Auf Mami«, lächelte ich nichtsahnend und stieß mit Lucie an.

»Mami wird nämlich bald eine Prinzessin…«, erklärte Lucie und strahlte.

»Eine Prinzessin?«, hakte ich interessiert nach.

»Ja, Mami und Mike heiraten! Wie der Prinz und die Prinzessin in meinem Buch!«, ließ Lucie die Bombe platzen.

Für einen kurzen Moment wurde es totenstill am Tisch.

Etwas verlegen blickte Mia zu Boden und grinste in sich hinein.

»Na los, meine Kleine, zeig ihnen dein Ringlein«, forderte Mike Lucie auf und lächelte.

Stolz streckte Lucie uns ihr Händchen entgegen. Ein kleiner, goldener Ring mit Marienkäferfigur zierte ihren Finger.

»Ich bin auch eine Prinzessin, hat Mike gesagt«, freute sie sich.

Vor lauter Rührung stiegen mir sofort Tränen in die Augen.

»Das, das ist wunderschön«, sagte ich ganz angetan und lächelte.

»Wir werden tatsächlich heiraten!«, platzte es schließlich aus Mia heraus.

Den einen oder anderen Freudenschrei hörte man bis zur Straße hinaus, als uns Mia ihren funkelnden Brillantring unter die Nase hielt.

»Wunderbar!«, rief Lucas Dad ergriffen und erhob

erneut das Glas.

»Dann lasst uns anstoßen. Auf Lucie, Mia und Mike! Eine ganz entzückende, kleine Familie! Ich wünsche euch alles Gute! Auf Sassi und den Erfolg ihrer Firma. Und auf meinen Sohn, der uns mit Tanya ein weiteres Familienmitglied geschenkt hat. Tanya, du bist immer herzlich willkommen! Prost!«

»Prost!«, riefen wir alle im Chor.

»»Saskia T. Events« wird natürlich die Hochzeitsplanung übernehmen, zum Freundschaftspreis versteht sich. Wann soll die Hochzeit denn stattfinden?«, erkundigte sich Sassi und stieß mit Mia an.

»In acht Wochen«, antwortete Mia.

»In acht Wochen schon? Das wird knapp. Ich sehe schon, ich brauche dringend Personal«, plapperte Sassi weiter und lachte.

»Auf dich…«, flüsterte Ben und drehte sich zu mir.

»Auf uns«, lächelte ich. Zärtlich gab ich ihm einen kleinen Kuss auf den Mund.

»Und was habt ihr beiden für ein Geheimnis zu verbergen?«, störte Tanya unsere heimliche Turtelei. Ich fühlte mich ertappt, blickte kurz auf meinen Schlüsselring und dann zu Ben.

»Ich…wir…«, begann ich verunsichert.

»Sind zusammen!«, unterbrach mich Ben und strahlte.

»Super! Klasse! Sehr schön für euch beide«, freute sich Luca.

»Aber, das wussten wir doch schon«, meinte Mia mit fragendem Blick.

Vorsichtig zog ich meine Hand unter dem Tisch hervor, heimlich rückte ich meinen »Ring« gerade.

»Mehr Neues gibt es leider nicht«, lächelte Ben. Un-
auffällig drückte er meine Hand zurück unter die
Tischplatte.
»Nun gut, Kinder«, ergriff Lucas Mutter das Wort,
»dann lasst uns essen, ehe der Braten kalt wird.«
Sie schöpfte jedem einen Berg goldgelber Nudeln auf
den Teller, übergoss diesen mit üppiger Bratensoße
und schnitt das Fleisch.
Etwas irritiert und fragend sah ich Ben an.
»Sei nicht böse, Liebes. Es soll ein ganz besonderer
Moment für dich werden, wenn du es ihnen sagst
und zwar mit einem richtigen Ring!«, flüsterte er.
Ich lächelte.
Ben wollte schon immer nur mein Bestes. An rein gar
nichts sollte es mir je fehlen. Auch nicht an einem
perfekten Verlobungsring...

Kapitel 12

Zwei Monate später
(Oder: Acht Wochen später)

Zweifellos sind wahre Freundinnen eines der wichtigsten Dinge auf Erden. Zu etwas ganz Besonderem werden sie, wenn sie jede Facette deines Lebens mit dir teilen.
Eine Freundin, die dich von der Schulbank bis zum Altar begleitet, ist etwas Seltenes und unbeschreiblich Schönes. Es sind Seelenverwandte, die man nie mehr missen will...

So dachte ich auch an diesem Samstagmorgen. Der Tag der großen Hochzeit war endlich gekommen! Schon jetzt standen mir Tränen in den Augen, als ich tagträumend in meinem Bett lag.
Ganz gerührt stand ich auf und packte ein paar Sachen zusammen. Nach einer kurzen Morgentoilette machte ich mich dann auf den Weg.
Bereits um sieben Uhr trafen wir uns bei Mia. Wir alle standen ihr heute mit Rat und Tat zur Seite. Jede von uns hatte eine Aufgabe von Sassi bekommen.
Mit Lockenwickler im Haar öffnete mir Mia die Tür. Ich war für die Betreuung von Lucie eingeplant.
»Sie ist im Kinderzimmer, nein in der Küche!«, begrüßte Mia mich hypernervös.
»Beruhige dich, alles wird gut...«, lächelte ich, ging zu Lucie in die Küche und nahm sie auf meinen Arm, »wir zwei gehen jetzt spielen, okay Prinzessin?«

Ich griff nach den Malstiften und ging mit Lucie ins Wohnzimmer.

»Nein, nein nichts da!«, rief Sassi streng. In ihrem engen, beigefarbenen Kostümchen eilte sie auf Tanya zu. Mit ermahnendem Blick schnappte sie sich die halbgeöffnete Champagnerflasche aus ihren Händen.

»Warum nicht?«, fragte Tanya irritiert.

»Wir müssen den Überblick behalten«, erklärte Sassi und hakte irgendetwas auf ihrer Checkliste ab, »außerdem bist du im Dienst, das ist Arbeitszeit! Kein Alkohol bis zur Feier! »Saskia T. Events« wird sich keinen Fauxpas erlauben.«

»Du bist die strengste Chefin, die ich je hatte...«, seufzte Tanya und rollte mit den Augen.

»Und die Erste, bei der du dich auf einem bequemen Lederstuhl drehst, anstatt an einer Tanzstange. Räumst du bitte den Esstisch frei? Wir beginnen gleich mit dem Make-up der Braut.«

Tanya war inzwischen in Sassis Firma eingestiegen – als ihre persönliche Assistentin. Zum ersten Mal hatte Tanya so einen festen, bezahlten Job, in welchem sie voll und ganz aufging.

Zu unserer aller Überraschung ergänzte sich das Duo perfekt. Ihre geplanten Events und Feiern waren durchweg ein voller Erfolg! Ihre neuen, modernen Büroräume in New York City, hatte Sassi bereits vor zwei Wochen bezogen.

»Oh, ich bin so nervös!«, hechelte Mia.

Mit den Handflächen fächerte sie sich hektisch Luft zu. Noch immer mit Lockenwicklern auf dem Kopf nahm sie vor Tanya am Esstisch Platz.

Außer für das rechtzeitige Erscheinen der Torte, der

Hochzeitsdekoration im Tanzsaal der Tanzschule, dem DJ, der Tischordnung und den Namensschildern war Tanya auch für Mias Make-up zuständig.

»Du wirst ganz bezaubernd aussehen«, lächelte sie, als sie die Grundierung auf Mias Wangen auftrug.

»Kussecht?«, kontrolliere Sassi, als Tanya zu einem rosa Lippgloss griff.

»Aber natürlich Chef!«, meinte Tanya und salutierte.

»Perfekt!«, lobte Sassi ihre Mitarbeiterin.

Zufrieden machte sie einen weiteren Haken auf ihrer Liste, die sie überall mithinschleppte.

Als sich die extra bestellte Frisörin an Mias Haaren zu schaffen machte, bereitete ich Lucie für die Feier vor. Mit leuchtenden Augen ließ sie sich in eine fliederfarbene Miniprinzessin verwandeln. Ihr kleines Röckchen aus Tüll war mit vielen, funkelnden Glitzersteinchen übersät. Ich bürstete ihr feines Federhaar und schmückte ihr Köpfchen mit einem kleinen Diadem. Dasselbe, etwas größere Modell zierte nun auch Mias fertige Brautfrisur. Ihr Haar wurde edel hochgesteckt, ein paar Korkenzieherlocken umrahmten ihr bildhübsches Gesicht.

»Lexi, wo bleibt Ben mit den Brautjungfernkleidern?«, rief Sassi quer durch die Wohnung.

»Er müsste gleich da sein«, antwortete ich.

Im selben Moment klingelte es an der Tür.

»Das ist sicher Onkel Ben«, meinte ich zu Lucie und lächelte.

»Benni!«, freute sie sich und stürmte zur Wohnungstür. Auf Zehenspitzen angelte sie nach der Türklinke. Sofort eilte Sassi herbei. In ihren feinen Wildlederpumps tippelte sie zur Tür, ließ Ben herein, schnappte sich wortlos die enggeschnittenen, violetten Roben und tippelte zurück ins Wohnzimmer. Unbedingt wollte sie ihren exakt getakteten Zeitplan einhalten. Grinsend schüttelte Ben den Kopf und blickte Sassi hinterher.

»Hallo Hübsche«, begrüßte er mich und gab mir einen kleinen Kuss.

»Hallo Hübscher«, lächelte ich, »du siehst toll aus!«

»Gefalle ich dir?«, fragte Ben und drehte sich einmal um sich selbst.

»So rausgeputzt habe ich dich noch nie gesehen«, strahlte ich.

Ben trug einen dunkelgrauen, maßgeschneiderten Anzug. Darunter ein feines, schneeweißes Hemd mit silbernen Knöpfen. Sein dunkles Haar hatte er zur Seite frisiert. Seine edlen Lackschuhe glänzten im Licht.

Eine kleine, lila Ansteckblüte, welche farblich perfekt zu seiner Krawatte passte, zierte seine Jackentasche.

»Lexi!«, beendete Sassi meine Schwärmereien.

»Kommst du bitte? Die Frisörin ist mit Tanyas Haaren fertig, du bist nun an der Reihe!«

»Ich nehme dir Lucie ab«, sagte Ben.

Ich lächelte und streichelte ihm sanft über die Wange.

»Lexi!«, drängelte Sassi.

»Ja doch, ich komme!«, rief ich zurück und rollte mit den Augen.

Nach dem Styling hatte uns Sassi alle nach draußen gebeten. Voller Vorfreude warteten wir vor dem Haus auf die Braut.

Nicht das kleinste Detail hatte Mia über ihr Kleid verraten. Umso gespannter waren wir jetzt.

Ben hielt Lucie auf seinem Arm und plauderte mit Luca. Zwischen ihnen war eine wahre Männerfreundschaft entstanden. Kaum sahen sie sich, begann sie auch schon zu quatschen. Pausenlos plapperten sie über alles Mögliche und fanden kaum mehr ein Ende. Ein lauter Knall riss die beiden aus ihrem Gespräch. Erschrocken blickte Ben zu Tanya, die einen großen Schluck aus einer Champagnerflasche nahm.

»Auf Mia«, strahlte sie und reichte die Flasche an mich weiter.

»Auf Mia!«, rief ich.

»Auf das Brautpaar!«, jubelte Luca.

»Ben, mach doch bitte das Autoradio an und lass das Fenster herunter«, bat ich ihn.

Die Champagnerflasche machte ihre Runde. Ich hielt Lucie an ihren Händchen und drehte mich mit ihr im Kreis. Tanya schwang sich um den Laternenmast. Ben und Luca wippten im Takt.

Doch dann wurde unsere spontane Straßenparty unterbrochen, denn plötzlich öffnete sich die Haustür…

Eilig drehte Ben die Musik leiser, angespannt blickten wir zum Eingang des Wohnhauses. Langsam und anmutig schritt Mia die Stufen zur Straße hinab. Mit offenen Mündern bestaunten wir die Braut.

Ihr champagnerfarbenes Kleid im Meerjungfrauenstil umspielte ihre schlanke Silhouette. Von oben bis unten war es mit edler Spitze verziert, welche in üppigen, ausgestellten Volants endete.

Über ihrem herzförmigen Ausschnitt trug Mia ein kleines, silbernes Medaillon. Fotos ihrer verstorbenen

Eltern waren darin.

Abgerundet wurde ihr einfach umwerfendes Erscheinungsbild durch einen langen, feinen Schleier mit Spitzenbordüre.

Tanya stieß ein ausgedehntes »Wow« hervor. Natürlich stiegen mir sofort wieder Tränen in die Augen.

»Na, na, na«, eilte Sassi auf mich zu und reichte mir ein Taschentuch, »wir wollen doch nicht das Brautjungfern-Make-up zerstören.«

Mit einem seligen Lächeln auf den Lippen kam Mia auf uns zu. Herzlich und mit feuchten Augen umarmte sie jede von uns.

Wir waren auch diejenigen, die Mia ein wenig später zum Altar führten…

Anstatt ihrem verstorbenen Dad ging ich nun an ihrer rechten Seite. Tanya begleitete sie linkerhand. Vornedraus verstreute Lucie weiße Rosenblätter über dem violetten Teppichboden.

Als Mike seine Braut erblickte, schossen auch ihm Tränen in die Augen. Unaufhaltsam rollten sie ihm über die Wangen.

Sofort sprang Sassi aus einem Seitengang hervor und reichte ihm ein Taschentuch.

Noch immer behielt sie die Kontrolle über die Hochzeit. Unaufhörlich kritzelte sie auf ihrer Checkliste herum.

Als ihre besten Freundinnen hatten wir die Ehre, Mia und Lucie an den Bräutigam zu übergeben.

Dann stellten wir uns auf die von Sassi aufgemalten Markierungen neben dem Altar.

Drei Stühle standen vor diesem bereit. Das Brautpaar nahm die kleine Lucie in ihre Mitte. Strahlend umgriff sie Mikes linke und Mias rechte Hand.

Verträumt und in Gedanken verloren verfolgte ich die Zeremonie. Immer wieder warfen Ben und ich uns verliebte Blicke zu.

Als ich ein zartes »Ich liebe dich« von seinen Lippen ablesen konnte, schmunzelte ich überglücklich vor mich hin.

Mit viel Jubel und Beglückwünschungen wurden Mia und Mike auf dem Vorhof der Kirche empfangen.

Sassi stand bereits in den Startlöchern und verwies ungeduldig auf die weiße Kutsche, die längst vorgefahren war.

»Eine Kutsche?«, fragte Mia überrascht.

»Das ist unser Hochzeitsgeschenk«, lächelte Tanya.

»Es war nicht einfach, zwei so reinweiße Stuten zu finden«, bestätigte Sassi.

Etwas irritiert betrachtete ich die zwei Pferde. Bis zum Gehtnichtmehr waren diese dekoriert. Es sah aus, als hätten sie ungefähr zehn Meter Geschenkpapier auf dem Kopf, welches zu einer überdimensionalen Riesenschleife geformt wurde.

Auch die Kutsche war über und über mit Schleifen, violetten Bändern, Blumen, Zweigen und Tüchern behängt.

»Ist das nicht etwas viel?«, fragte ich, ohne meinen Blick von den überdekorierten Pferdeköpfen abzuwenden.

»Nein, so ist es perfekt!«, entgegnete mir Sassi und blickte auf ihre Liste.

»Pferdekutsche: Abgehakt!«, stellte sie fest und tippelte von dannen.

Auch der zur Hochzeitslokation umfunktionierte

Tanzsaal war nicht gerade dezent dekoriert.

Staunend ließen die Gäste ihre Blicke über das Blumenmeer auf den runden Tischen gleiten.

Violette Satinschleifen waren um die weißen Stuhlhussen gebunden. Hohe, silberne Kerzenständer umsäumten die Tanzfläche. Große Seidentücher waren darüber drapiert.

Eine riesengroße, funkelnde Diskokugel drehte sich an der Decke.

»Wow Sassi, das hast du toll gemacht!«, strahle Mia. Angetan sah sie um sich und ließ ihre Fingerspitzen über die edlen Tischdecken gleiten. Überglücklich setzte sie sich zu Mike und Lucie an den vordersten Tisch. Auch Ben und Luca hatten dort bereits Platz genommen.

Mit einer rührenden Rede eröffnete Mike das reichbestückte Büfett.

»Für Lucie habe ich extra kleine Nester aus Spaghetti fertigen lassen«, erklärte Sassi stolz, »und dort drüben findet ihr laktosefreie Soßen.«

»Saskiatastisch!«, antwortete Mia begeistert und lächelte.

Sassi und Tanya hatten wirklich ganze Arbeit geleistet. An nichts fehlte es.

Satt und zufrieden lachten die Gäste an ihren Tischen, freuten sich über die kleinen Gastgeschenke oder genossen den italienischen Wein.

Als der DJ die Tanzfläche eröffnete, war die Stimmung perfekt. Ausgelassen tanzten und feierten wir. Zwischendurch schwangen Mike und Mia ein paar herzliche Dankesreden, schnitten die Hochzeitstorte an und packten Geschenke aus.

Zu später Stunde folgte dann ein ganz besonderer Programmpunkt: Das berühmte Brautstraußwerfen. Noch etwas zurückhaltend stieg Mia die Stufen zur geschmückten Bühne hinauf.

»Hallo? Kann mich jeder hören?«, rief sie und tippte auf das Mikrofon. »Alle unverheirateten und nicht verlobten Mädels bitte auf die Tanzfläche!« Begeistert klatschte die Hochzeitsgesellschaft in die Hände. Voller Euphorie feuerten sie die aufgeregte Frauenmeute an, die sich tuschelnd und kichernd auf die Tanzfläche begab.

Verunsichert blieb ich sitzen und blickte zu Ben. Mit einem kurzen Nicken gab er mir zu verstehen, dass auch ich nach vorn gehen sollte.

Aus dem Augenwinkel heraus sah ich, wie er Mike geheimnisvoll zuzwinkerte.

Inmitten der gackernden Junggesellinnen, versuchte ich mir einen Weg nach hinten zu bahnen. Keinesfalls wollte ich Mias Brautstrauß fangen, schließlich war ich ja bereits verlobt.

Mit kritischen Blicken beobachtete ich Ben. Er stand am Aufgang der Bühne und diskutierte wild mit Sassi. Dann sah ich sie einwilligend nicken und zeitgleich mit den Augen rollen.

Ehe ich ins Grübeln geraten konnte, dimmte sich das Licht.

Ein Trommelwirbel erklang. Langsam drehte Mia sich um und holte Schwung. Mit Karacho donnerte sie ihren Blumenstrauß in Richtung Decke.

Unsanft prallten die gebundenen Rosen gegen die Discokugel. In tausend Einzelteilen zersprengt fiel der Strauß letztendlich zu Boden.

Für einen Moment wurde es totenstill im Saal. Erschrocken bildeten die aufgeregten Junggesellinnen einen Kreis um die zerfledderten Blumen. Verunsichert begannen sie zu diskutieren.

Eilig hastete Sassi auf die Bühne, drängelte sich vor Mia und riss das Mikro an sich.

Die hektisch plappernde Frauenmeute verstummte. Mit fragenden Blicken warteten sie auf Sassis Worte.

»Ähm ja«, begann sie und setzte ein unbekümmertes Lächeln auf, »wie es scheint, haben wir demnächst wohl mehrere Hochzeiten zu feiern. Greift zu Mädels!«

Sie hatten verstanden. Abermals brach ein turbulentes Gegacker aus. Wie von Sinnen stürzte sich die Horde auf die verstreuten Rosen.

Tanya und ich blieben stehen. Ungläubig schüttelten wir unsere Köpfe und schmunzelten vor uns hin.

Als sich die Fläche allmählich leerte und ich gerade zurück an meinen Platz gehen wollte, klopfte erneut jemand gegen das Mikrofon.

Erst als ich Bens Stimme erkannte, stockte ich. Überrascht drehte ich mich um.

»Es gibt eine Frau hier im Raum, die keinen Brautstrauß mehr fangen muss…«, sprach er und blickte mir tief in die Augen.

Wie angewurzelt blieb ich mitten auf der Tanzfläche stehen. Irritiert blickte Tanya zu Luca, als sie sich gerade wieder zu ihm setzte.

»Eine ganz besondere Frau«, fuhr Ben fort, »die Frau, die ich von ganzem Herzen liebe. Mit der ich den Rest meines Lebens verbringen möchte…um deren Hand ich bereits angehalten habe…«

Viele erstaunte »Aaahs« und »Ohhs« hallten durch den Saal. Drei völlig überraschte »WAS?!!« quietschten laut dazwischen.

Mit offenstehenden Mündern blickten Sassi, Tanya und Mia zu mir.

»Bisher fehlte dieser perfekten Frau, der perfekte Ring«, lächelte Ben und zog eine kleine, blaue Schachtel aus seiner Hosentasche.

Weitere »Aaahhs« erklangen im Raum.

Ben fixierte meinen Blick. Verschmitzt grinste er. Mit einem Hüpfer sprang er von der Bühne.

»Es tut mir ja sehr leid, aber ich muss dem Brautpaar für einen Moment die Show stehlen«, rief er und trat vor die Gäste.

Mit einem kurzen Applaus willigte die Hochzeitsgesellschaft begeistert ein.

Jubelrufe erklangen von unserem Tisch. Luca und Mike klatschten euphorisch in die Hände.

»Nun nochmals ganz offiziell und vor allem *angemessen*«, lächelte Ben und blickte mir tief in die Augen, »Alexandra, bitte heirate mich...«

Anmutig klappte Ben das kleine Schächtelchen auf.

Als ich die vielen, funkelnden Diamanten erblickte, blieb mir beinahe die Luft zum Atmen weg.

»Zum zweiten Mal: JA!«, rief ich überglücklich.

Die Menge applaudierte und grölte, während Ben mir den Ring ansteckte.

Klatschend kamen Tanya, Mia und Sassi auf mich zu.

»Ich, ich werde heiraten!«, platzte es sofort aus mir heraus. »Ich heirate!«

Freudestrahlend fielen wir uns in die Arme.

»Es ist so schön das alles mit euch erleben zu dürfen…«, flüsterte ich.

»Und es wird noch so vieles kommen…«, lächelte Mia.

»Diesen Moment werde ich niemals vergessen…«, sagte Sassi gerührt.

»Ich bin so froh euch zu haben«, meinte Tanya ergriffen.

Wahre Freundschaft ist eine Liebe, die niemals vergeht. Ein Netz, das sich quasi auf Knopfdruck zusammenknotet und dich vor dem Fallen bewahrt. Freunde sind die, ohne die wir es manchmal nicht schaffen würden.

Es sind Menschen wie Mia, die ihr wahres Glück endlich gefunden hatte. Wie Sassi, die endlich auf eigenen Beinen stand. Menschen wie Tanya, deren harte Schale man erst knacken musste, ehe man ihr warmes Herz erreichen konnte.

Und auch etwas anstrengendere Menschen wie ich, Lexi, die zwar planlos aber mit Stil, letztendlich zur wahren Liebe gefunden hatte.

*U*nd die Moral von der Geschicht? Einen Pakt
für die Liebe gibt es nicht!
Lässt man aber die Liebe eine gewisse Zeit einfach in
Frieden...jagt sie nicht, sucht sie nicht, aber verschmäht sie auch nicht, wird sie von alleine kommen.
Liebe lässt sich nicht besprechen, beschließen oder
gar erzwingen. Sie lässt sich allerdings auch nicht
aufhalten, wenn sie dann zuschlägt. Wenn einem
dann dieses eine, bestimmte, ganz außergewöhnliche
Gefühl und Kribbeln verrät, dass man den Richtigen
gefunden hat.

Ende